盛世华章，文以载道

读懂小古文
爱上大语文

隋唐古文

琬如 —— 编著

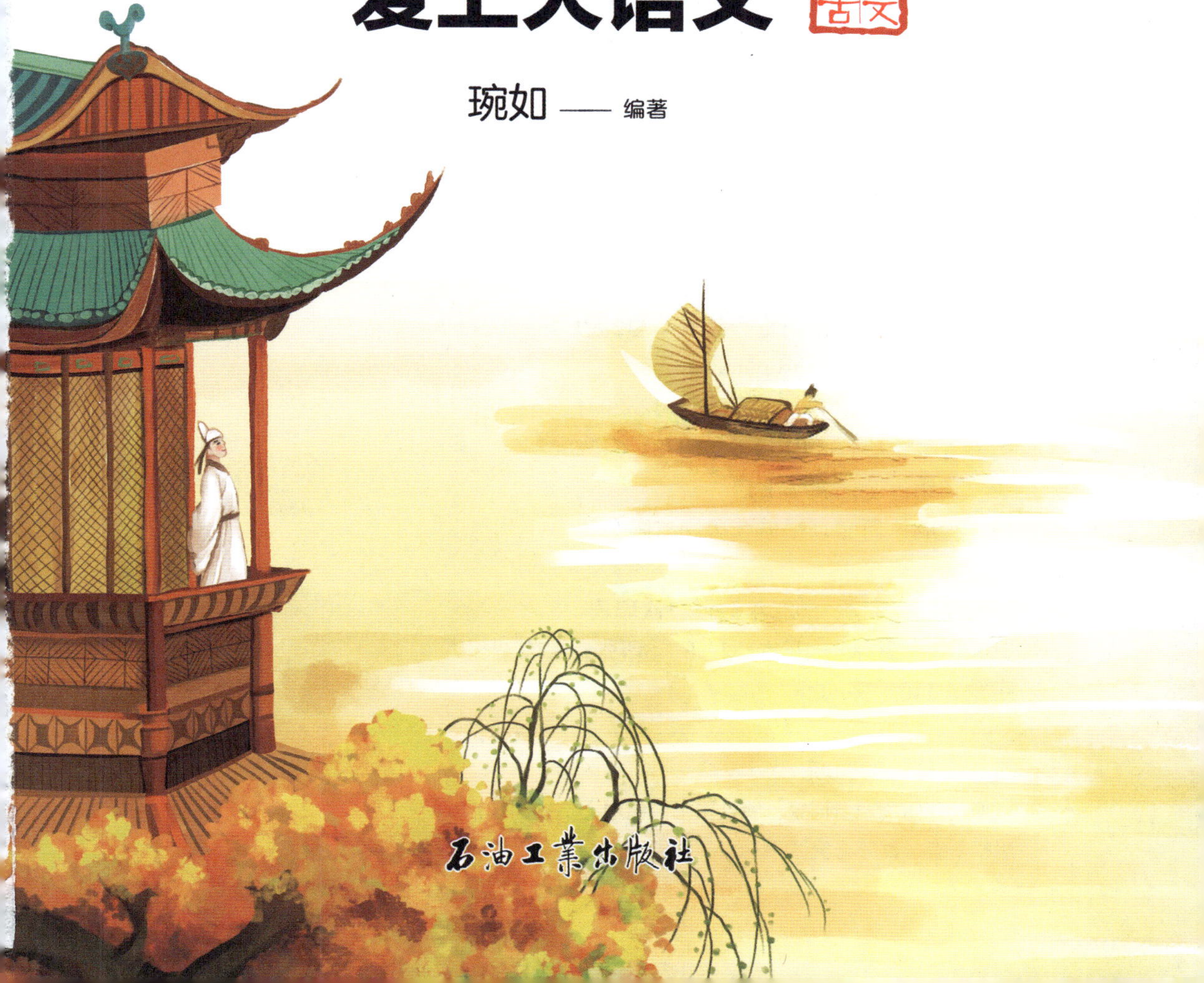

石油工业出版社

图书在版编目（CIP）数据

盛世华章，文以载道：隋唐古文 / 琬如编著. ——北京：石油工业出版社，2022.6

（读懂小古文，爱上大语文）

ISBN 978-7-5183-5331-6

Ⅰ.①盛… Ⅱ.①琬… Ⅲ.①古典散文-散文集-中国-隋唐时代 Ⅳ.①I264

中国版本图书馆CIP数据核字（2022）第061745号

读懂小古文 爱上大语文

盛世华章，文以载道……隋唐古文

策划编辑：王 昕 黄晓林	装帧设计：何冬宁
责任编辑：王润津	美术编辑：王道琴
责任校对：刘晓婷	图片提供：站酷海洛
特邀编辑：王玉敏	封面绘制：狼仔图文

出版发行：石油工业出版社

（北京安定门外安华里2区1号 100011）

网　　址：www.petropub.com

编 辑 部：（010）64523616 64252031

图书营销中心：（010）64523731 64523633

经　　销：全国新华书店

印　　刷：河北京平诚乾印刷有限公司

2022年6月第1版 2022年6月第1次印刷

710×1000毫米　开本：1/16　印张：8.75

字数：115千字

定　　价：38.00元

（如出现印刷质量问题，我社图书营销中心负责调换）

版权所有，翻印必究

古文，是根植于中国人灵魂深处的一种浪漫而优雅的语言。

前言

读懂小古文 爱上大语文

2020年年初，新冠肺炎疫情暴发，各地紧急驰援武汉。一批来自日本汉语水平考试事务所的援助物资"刷屏"各大网站，物资的外包装箱上印着八个汉字——"山川异域，风月同天"。这是唐朝时日本国长屋王赠送给唐朝僧人的袈裟上绣的一句古文。人们感动于邻邦伸出援手之余，更被这句简短的古文深深触动——她仿佛饱含着我们最钟情的审美，融汇起浓浓的暖意，如此地直入心田！"岂曰无衣，与子同裳""青山一道同云雨，明月何曾是两乡"等越来越多的古文词句出现在援助物资上，凝聚起无数人的祝福与情感寄托。此时此刻，古文再一次展现了她独特而巨大的魅力。

简洁的古文何以有超越千言万语的力量？何以让海北天南的人齐齐地怦然心动？

首先是她让我们感到熟悉而亲切。作为我们民族的母语，汉语言几千年传承下来，语言的结构章法大体未变，一直以古文的形式存在。无论时代如何演变，汉语万变不离其宗。不论先秦诸子的之乎者也、两汉骚客的辞赋骈俪、唐宋大家的诗词文论、明清文人的小说杂文，都是古文主干上长出的枝杈、开出的繁花。所以即便跨越千年，人们仍可以对"千里之行，始于足下"一望而知意，仍然会想起"窈窕淑女，君子好逑"而产生共情。古文在千百年间早已融入中国人生活和灵魂深处，当我们最需要情感倾诉的时候，古文往往会脱口而出。

其次是她传递给我们以永恒的情感。千古传诵的古文，都是那个时代最杰出的文字，都凝练了作者最浓烈的情感、最无与伦比的巧思。其间有伟人、先贤千锤百炼总结出的人生大道理，也有被历朝历代最机巧、最敏感的灵魂点破的小心思。孔孟的经典、老庄的哲思，到如今，多少人仍如此思考、如此践行；李杜的诗句、苏柳的名篇，到如今，多少人仍如此吟诵、如此遣怀。蒲松龄的《促织》让你不禁拍案称奇，而百年来多少人读到此篇也曾有过相同的感慨和动作；林觉民垂泪写下《与妻书》，而我们读来又何尝不泪湿双眼……正因为她汇聚了共同的情感，才有了穿越时空的能量。

最后，古文言简意赅，字字珠玑，所呈现的凝练之美是非常令人震撼的。古文中短短数言即可向我们展示一幅绝美的风景长卷或一个精彩的故事场景，如王勃的《滕王阁序》中"落霞与孤鹜齐飞，秋水共长天一色"，十四个字便描绘出在滕王阁上远眺赣江风光的壮丽图景，秋色、黄昏、飞鸟、长天融为一体，这样的景象，如果换作白话文来描述，只怕是要写上一篇千字散文才能尽兴。古文寥落几笔的美感与质感，恰似茗茶，初入口略感苦涩，却有绵长的回味，又如同曲径通幽，绝不能一览无余，言尽而意未尽。其中蕴藏了深远的意境，饱含了厚重的情感，浸润了幽邃的哲思，值得我们后人细细品读、玩味。

本套丛书共6卷，包括《追忆群星闪耀时：先秦古文·上卷》《千古绝唱，万世不息：先秦古文·下卷》《锦绣文章的华丽风行：两汉魏晋南北朝古文》《盛世华章，文以载道：隋唐古文》《思辨在左，文学在右：宋代古文》《阳春白雪落人间：明清古文》，选取的古文名篇皆具代表性，经典传颂才能证明有最大的共情点与认同度。全套丛书约300篇古文，涵盖中小学教材中出现的大部分古文篇章，并进行了篇目和篇幅的拓展。同时，结合时代、作者、背景等多角度的辅助解读，最大限度还原文章写作的时代感和作者的写作情境，让今天的我们更加身临其境，浸入式地品赏作品。

更重要的是，我们在构思这套丛书时坚持一个主旨，那就是将文史相融，以朝代为经线，文体和题材为纬线，尽可能全面地囊括古文文采精华的"各大门派"，展现古文灿烂成就之大观。希望这套丛书能成为你开启古文阅读兴趣的钥匙，成为你涵养情操、增广见闻的向导，成为你通达世情、共情古今的纽带，更能成为你提高古文阅读和语文功底的牢固基石。

让我们一起穿过千年的岁月，去感受古文所构筑的那个宏大而又奇趣无穷的世界吧！

琬如
2021年冬于北京

目录

隋唐散文：承前启后，气象万千　1

·侯白：幽默的段子手·
鄠人 …………………………… 5

·魏征：喜欢当面提意见·
谏太宗十思疏 ………………… 8

·卢照邻：初唐才子·
穷鱼赋（并序）……………… 16

·骆宾王：讨武檄文天下传·
在狱咏蝉序 …………………… 21
与情亲书 ……………………… 24

·王勃：英年早逝的天才·
滕王阁序 ……………………… 28

·王维：多才多艺的诗人·
山中与裴秀才迪书 …………… 40

·李白：诗仙入凡间·
春夜宴诸从弟桃李园序 ……… 45
秋于敬亭送从侄耑游庐山序 … 48

·元结：文武双全，关注民生·
右溪记 ………………………… 51

·刘𫗧：唐代的历史小说家·
炀帝嫉薛道衡 ………………… 54
宇文士及割肉 ………………… 56

·韩愈：拯救八代文风·
马说 …………………………… 62
师说 …………………………… 65
送董邵南游河北序 …………… 71
祭十二郎文（节选）………… 74

·刘禹锡：归来仍是少年·

陋室铭…………………………… 81

·白居易：伟大的现实主义诗人·

《荔枝图》序…………………… 84
游大林寺序……………………… 86

·柳宗元：钓得一江寒雪·

钴鉧潭记………………………… 94
小石潭记………………………… 97
蝜蝂传…………………………… 100
捕蛇者说………………………… 103
临江之麋………………………… 108
黔之驴…………………………… 110

·李肇：醉心创作的文艺青年·

王锷散财货……………………… 113
崔昭行贿事……………………… 115

·杜牧：在"图书馆"中长大·

阿房宫赋………………………… 118

·罗隐：屡试不第的才子·

吴宫遗事………………………… 127
说天鸡…………………………… 130

★语文教材古文篇目索引……132

隋唐散文：承前启后，气象万千

581年，杨坚受北周静帝禅让而登基称帝，定国号为"隋"。589年，隋南下灭陈，终结了始自西晋末年的几百年的战乱，实现了国家的安定和统一。但仅仅存在了三十七年后，隋朝便宣告破灭。

从散文的发展历程来看，短暂的隋代就好比一座桥梁，它向上承接南朝华丽浮靡的骈文，向下开启唐代散文的蓬勃发展。

618年，李渊建唐，开启了中国历史上一个伟大的时代。唐代是中国封建社会的盛世，也是文学的盛世。唐朝统治者以诗赋取士，大力扶植文学发展，所以唐朝的文学极度繁荣。诗歌、散文、小说、词依次登场，上演了一场异彩纷呈的文学盛会。

唐代文学的最高成就虽然是诗歌，但是散文所散发出的光芒同样引人注目。特别是到了中唐贞元、元和年间，在韩愈、柳宗元倡导的"古文运动"兴起之后，散文发展更是达到了高峰。散文的功能越来越丰富，不论是说理、叙事、抒情，还是写景状物，都可以通过散文来实现。当时很多家喻户晓的诗人也是擅写散文的能手，如王勃、陈子昂、李白、王维、元结、韩愈、柳宗元、刘禹锡、白居易、杜牧、李商隐、陆龟蒙、皮日休、罗隐等，他们都有具有代表性的散文作品。

古文运动，文以载道

"古文运动"，指的是发生在公元8世纪后期的一次文体革命。唐朝初年，文坛上依然流行齐梁文风，骈体文比较盛行。骈体文极注重形

式，喜欢用华丽的辞藻。唐代文学家陈子昂举起了反对骈文的大旗，提倡文学改革，并率先用古文进行创作。盛唐与中唐之交的文学家元结，创作的散文内容充实、朴素平易，给当时的文坛吹进了一股新鲜之风，但是由于他的语言比较艰涩难懂，所以他的文章也不是特别流行。

唐宪宗年间，韩愈举起"复古"的旗帜，大力提倡古文，主张文以载道，复兴儒学。韩愈的倡议得到了柳宗元等人的大力支持，并逐渐在社会上引起了广泛的回应，形成了一股强有力的浪潮，压倒了骈文，开启了一次影响深远的"古文运动"。从此，唐代散文的面目焕然一新，不仅题材越来越广泛，内容越来越丰富，语言也越来越朴实易懂，唐代散文开始散发出灼灼光华。

文起八代之衰的韩愈

韩愈是司马迁以后当之无愧的散文大家，位居"唐宋八大家"之首。在他的推动下，散文的地位重新高涨，直逼秦汉。而且他通过不断尝试，不断拓宽散文的功能，不论是描述事物，还是交流思想、表达情感，都能用散文来实现。韩愈一生创作了大量散文，现存大约三百多篇。他的散文内容丰富，包括论说文、杂文、序文、祭文、传记等。

韩愈的论说文集中阐发了他对于儒道的认识和思考，这类文章论证

有力、气势磅礴，如《师说》批评了士大夫耻于求师、轻视学习的不良风气。韩愈的杂文主要揭露官场中的丑恶和官僚制度的腐朽，讽刺各级官僚尸位素餐，批评士大夫之中存在的种种不良风气。《送李愿归盘谷序》就像一个照妖镜，在这面镜子的映照下，官场权贵骄奢荒淫、作威作福的丑态，各种小人奔走权门、钻营功名的尴尬统统现出了原形。韩愈的记叙文继承和发展了《史记》《汉书》记事写人的传统，通过选取典型的事例来展现鲜明的人物性格；同时字里行间还蕴含着作者强烈的爱憎感情。韩愈的抒情文包括祭文、书信等，这些作品中融入了作者的真情实感，具有很强的艺术感染力。

独树一帜的散文大师柳宗元

柳宗元也是唐代散文界的领袖人物。他一生创作了大量散文，流传至今的有四百多篇。其中大部分是政治、哲学方面的论说文，阐述他对儒家"圣人之道"的理解以及国家治乱兴亡的教训。柳宗元也写了不少文学性散文，他通过这些散文表达自己政治失意的苦闷，讽刺统治阶级的残暴和丑恶，表达对劳动人民的深深同情。

提到柳宗元，就不能不提寓言散文。他的寓言散文独创一格，短小生动。在创作寓言时，他特别喜欢用拟人的手法，抓住动物的某一个特

性进行讽刺，从而表达自己对某种社会现象的看法。《黔之驴》讲述了老虎从害怕驴子到认识到驴子不过尔尔，最后将其吃掉的过程。这个故事对社会上那些虚张声势、外强中干的人进行了深刻的讽刺。《蝜蝂传》则通过描写蝜蝂喜欢"负重物"这种特性，讽刺了当时社会上贪得无厌的人。

山水游记是柳宗元散文中最精彩的部分。他被贬永州期间，创作了大量的游记散文，最有名的是《永州八记》。他观察细微、描绘精确，向读者展开了一幅幅景色奇异、引人入胜的山水风景画；同时，他在文字中融入真情，将政治上的失意、被贬的悲愤和远离朝廷的孤独娓娓道来。他在游记散文中创造出情景交融的艺术境界，把山水散文的创作提高到了一个新的水平。

晚唐小品文

到了晚唐，散文创作也像诗歌及其他文学形式一样日渐式微。但幸运的是，小品文填补了这段空白，成为一道靓丽的风景线。皮日休的《皮子文薮》、陆龟蒙的《笠泽丛书》和罗隐的《谗书》是其中比较优秀的代表作。

另外，随着散文的衰落，骈文又开始抬头，赋的数量猛增。杜牧的《阿房宫赋》就是一篇骈文名作，为后来的文赋创作提供了借鉴。

综上所述，唐代文学名家辈出，不管是对仗严格、辞藻华丽的骈文，还是行文自由、语言质朴的古文，都有了不起的名篇。晚唐时期，虽然骈文又统治了文坛，但韩愈、柳宗元等人发起的"古文运动"为宋代散文的发展开辟了道路，欧阳修等人在此基础上发起古诗文革新运动，终于彻底打破了枷锁，将散文创作引向了巅峰。

侯白：幽默的段子手

侯白，字君素，魏郡临漳（今河北临漳县）人，隋朝学者。侯白学识广博，才思敏捷，喜欢与人辩论。他性格诙谐，是有名的段子手。隋文帝杨坚听说他很有才华，把他招来编修国史，打算提升他的时候，侯白却说："我不合适当官。"杨坚按五品官的标准给他俸禄，但他不久就去世了。侯白为人温和，没有架子，喜欢说评书笑话，人们很喜欢他，有他在的地方就像集市一样热闹。

在编修国史之前，侯白担任的是没有具体职务的散官，归越国公杨素领导，杨素很喜欢与他谈笑。一天，杨素问侯白："一个坑深数百尺，你如果在坑里边，该怎么出来？"侯白答道："我只需要一根针！"杨素很奇怪，问："用针怎么能出来？"侯白说："用针扎头，脑子里的水冒出来，把坑灌满，我就浮上来了。"杨素问："你脑子里怎么会有水？"侯白笑着答道："我脑子没进水，为何会跳入你的深坑呢？"杨素大笑。相传这就是"脑子进水"这一说法的最早来源。

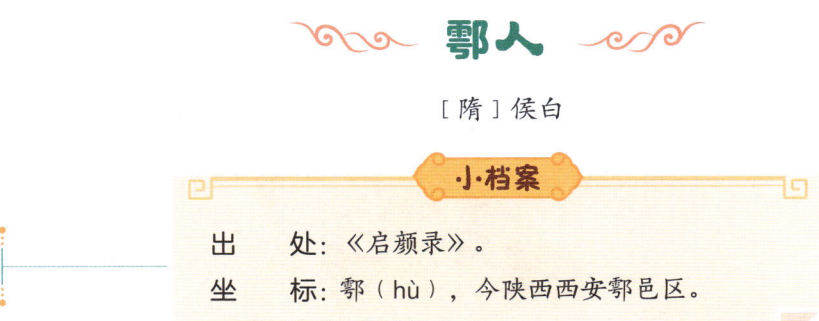

鄠人

［隋］侯白

小档案

出　处：《启颜录》。
坐　标：鄠（hù），今陕西西安鄠邑区。

鄠县有人将①钱绢②向市，市人③觉其精神愚钝，又见颏(kē)颐④稍长，乃语云："何因偷我驴鞍桥⑤去，将作下颔？"欲送官府。此人乃悉以钱

绢求充驴鞍桥之直⑥,空手还家。其妻问之,具以此报。妻语云:"何物⑦鞍桥,堪作下颔?纵送官府,分疏⑧自应得脱,何须浪与⑨他钱绢?"乃报其妻云:"痴物,傥⑩逢不解事官府,遣拆下颔检看,我一个下颔,岂只值若许钱绢?"

【注释】①[将]拿,带着。②[绢]绢帛,当时也用作货币。③[市人]文中指市井无赖。④[颔颐]指脸的下半部。颔,下巴;颐,面颊。⑤[驴鞍桥]即驴鞍,翻转过来形似下巴。⑥[直]通"值"。⑦[何物]什么样的。⑧[分疏]争辩理论。⑨[浪与]白白地送给。⑩[傥]通"倘",倘若、如果。

译文

鄂县有个人带着钱和绢帛来到集市,有个市井无赖觉得他愚钝,又见他下颔长得有点长,就问他:"你为什么偷我的驴鞍当作你的下巴?"要把他送到官府去治罪。这人把所带的钱和绢帛全部给了那个无赖,空着手回到了家里。他的妻子问他怎么回事,他把这件事详细告诉了妻子。妻子责怪他说:"什么样的驴鞍能被认作人的下巴?即使到了官府,你分辩几句也会脱身的,怎么能把钱和绢帛白白送给他呢?"那人却说:"蠢货!如果到官府碰上一个不负责任的父母官,要把我的下巴拆下来检验怎么办?我的下巴难道只值那么点钱绢吗?"

欣赏文言之美

这篇文章属于幽默之作。市井无赖说鄠人偷了自己的驴鞍做下巴,用这么一个极其荒唐的理由,就成功讹诈了钱财。鄠人看上去很愚蠢,其实是有大智慧的人。他对当时"官匪一家"的黑暗现实有清醒的认识,所以怕闹到官府万一让人把下巴拆下来,还不如让无赖勒索去几个钱。文章虽然读起来令人发笑,但仔细回味,鄠人的苦涩和无奈却给人留下深深的思考。把严肃的文章主题通过轻松幽默的方式表现出来,寓庄于谐,简洁而生动,韵味无穷。

侯白的谜语

一天,侯白参加朋友们的聚会迟到了,大家起哄让他出个谜语作为对他的惩罚,而且要求这个谜语不能是深奥难懂、稀奇怪诞的,也不能随便凑合一个。侯白想都没想,脱口而出:"有一种动物体型像狗那么大,长相极像牛。请问,这是什么动物?"在座的人中有人猜是獐子,有人猜是鹿,最后侯白亮出谜底——牛犊子,全场大笑!

魏征：喜欢当面提意见

读懂 小古文 爱上 大语文

魏征（580—643），字玄成，下曲阳县人。唐朝杰出的政治家、思想家、文学家和史学家。

魏征为人率直，经常当面给唐太宗提意见，是有名的诤臣，也是一代名相。据《资治通鉴》中记载，有一次唐太宗得到一只鹞鹰，非常喜欢，就架在手臂上逗玩。这时魏征前来奏事，唐太宗怕魏征批评他玩物丧志，赶紧把鹞鹰藏在怀里。魏征故意跟太宗谈论很久，等他走后，唐太宗从怀里拿出鹞鹰，发现鹞鹰已经闷死了。

魏征死后，李世民经常对身边的侍臣说："用铜作镜，可以端正衣冠；用历史作镜，可以知晓兴衰更替；用人作镜，可以看清得失。现在魏征去世了，我少了一面镜子。"他还让大臣把魏征没有写完的遗表写在手板上，鼓励他们向魏征学习，多给自己提意见，由此可以看出魏征对唐太宗的影响很大。

谏太宗十思疏

[唐] 魏征

小档案

人　　物：太宗即唐太宗李世民，唐朝第二个皇帝，他统治时期开创了"贞观之治"。

文　　体：疏，指"奏疏"，是古代大臣向君主议事进言常用的一种议论文体。

臣闻求木之长（zhǎng）①者，必固其根本；欲流之远者，必浚（jùn）②其泉源；思国之安者，必积其德义③。源不深而望流之远，根不固而求木

盛世华章，文以载道：隋唐古文

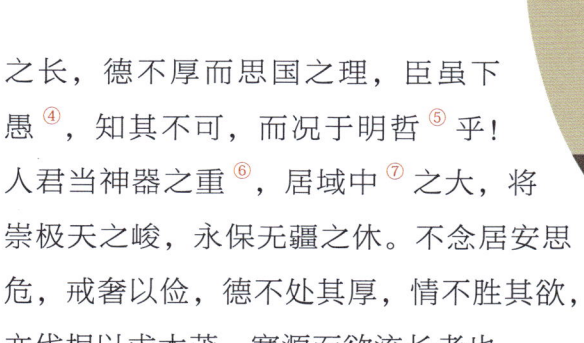

之长，德不厚而思国之理，臣虽下愚④，知其不可，而况于明哲⑤乎！人君当神器之重⑥，居域中⑦之大，将崇极天之峻，永保无疆之休。不念居安思危，戒奢以俭，德不处其厚，情不胜其欲，斯亦伐根以求木茂，塞源而欲流长者也。

【注释】①［长］生长，这里指长得好。②［浚］疏通水道。③［德义］德行和道义。④［下愚］极愚昧无知的人。这里用作谦辞。⑤［明哲］明智的人。这里指唐太宗。⑥［当神器之重］掌握帝王的重权。当，主持、掌握。神器，指帝位。⑦［域中］天地间。

　　凡百元首①，承天景命②，莫不殷忧③而道著，功成而德衰。有善始者实繁，能克终者盖寡④。岂取之易而守之难乎？昔取之而有余，今守之而不足，何也？夫在殷忧，必竭诚以待下；既得志，则纵情以傲物⑤。竭诚则胡越为一体，傲物则骨肉为行路⑥。虽董⑦之以严刑，振⑧之以威怒，终苟免而不怀仁，貌恭而不心服。怨不在大，可畏惟人；载舟覆舟，所宜深慎；奔车朽索，其可忽乎！

【注释】①［凡百元首］（历代）所有的帝王。凡百，所有的。②［承天景命］承

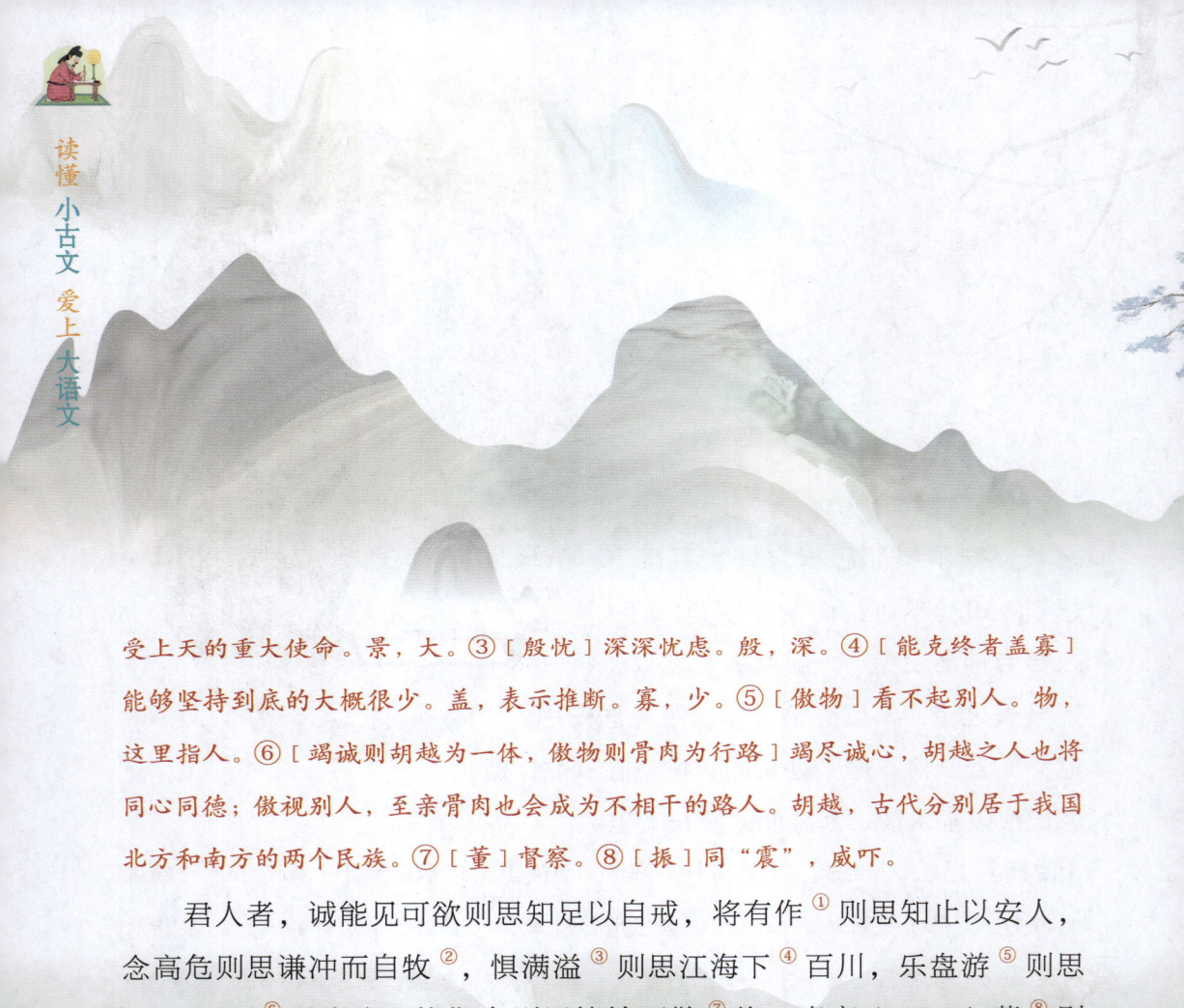

受上天的重大使命。景,大。③ [殷忧] 深深忧虑。殷,深。④ [能克终者盖寡] 能够坚持到底的大概很少。盖,表示推断。寡,少。⑤ [傲物] 看不起别人。物,这里指人。⑥ [竭诚则胡越为一体,傲物则骨肉为行路] 竭尽诚心,胡越之人也将同心同德;傲视别人,至亲骨肉也会成为不相干的路人。胡越,古代分别居于我国北方和南方的两个民族。⑦ [董] 督察。⑧ [振] 同"震",威吓。

君人者,诚能见可欲则思知足以自戒,将有作①则思知止以安人,念高危则思谦冲而自牧②,惧满溢③则思江海下④百川,乐盘游⑤则思三驱⑥以为度,忧懈怠则思慎始而敬⑦终,虑壅(yōng)蔽⑧则思虚心以纳下,想谗邪则思正身以黜恶,恩所加则思无因喜以谬赏,罚所及则思无因怒而滥刑。总此十思,弘兹九

盛世华章，文以载道：隋唐古文

德⑨，简能而任之，择善而从之，则智者尽其谋，勇者竭其力，仁者播其惠⑩，信者⑪效其忠。文武争驰，在君无事，可以尽豫游⑫之乐，可以养松、乔之寿⑬，鸣琴垂拱⑭，不言而化。何必劳神苦思，代下司职，役聪明之耳目，亏无为之大道哉！

【注释】①［作］建造，兴建。这里指大兴土木，营建宫殿苑囿一类事情。②［牧］养，这里指道德修养。③［满溢］容器中水满而溢，比喻骄傲自满，听不进不同意见。④［下］居于……之下。⑤［盘游］游乐。这里指田猎。盘，快乐。⑥［三驱］语出《周易·比卦》："王用三驱。"围猎时设网三面，留一面不设，指田猎有度，不过分捕杀动物。⑦［敬］慎。⑧［虑壅蔽］担心（耳目被）堵塞蒙蔽。⑨［弘兹九德］光大九德的修养。弘，光大。九德，指《尚书·皋陶（yáo）谟》所讲的九种品德。⑩［惠］仁爱、宽厚。⑪［信者］诚信的人。⑫［豫游］出游，游乐。帝王秋天出巡为"豫"，春天出巡为"游"。⑬［松、乔之寿］像仙人赤松子、王子乔那样长寿。赤松子、王子乔，都是传说中的仙人。⑭［垂拱］垂衣拱手，不亲自处理政务，谓帝王无为而治。

译文

我听说想要树木长得好,一定要使它的根牢固;想要泉水流得远,一定要疏通它的源头;想要国家安定,一定要厚积道德仁义。如果源头不深却希望泉水流得远,树根不稳固却想要树木长得高大,仁德不深厚却想要国家治理得好,我虽然愚昧无知,也知道这是不可能的,何况像您这么明智的人呢!国君掌握着国家的重权,处于天地间重要的地位,要推崇皇权的高峻,永保无限的福禄,如果不在安逸的环境中想着危难,戒除奢侈而厉行节俭,道德不能保持宽厚,性情不能克服欲望,就会像砍断树根却希求树木茂盛,堵住源头却想要泉水流远,这是不可能的啊。

历代所有的帝王,承受了上天赋予的重大使命,他们都是在深切忧患中治国成效显著,一旦功业建成德行就开始衰减。开始做得好的君王实在很多,能够坚持到最后的大概就很少了。难道是取得天下容易而守住天下困难吗?当初取得天下时才能有余,现在守天下就显得才能不足,什么原因呢?原因是帝王处在深重忧患之中,一定会竭尽诚心对待臣民,成功之后,就容易放纵自己而看不起别人。竭尽诚心,胡越之人也能同心同德,联合起来;傲视别人,亲人也会慢慢疏远,以至形同陌路。即使用严酷的刑罚督责人们,用威风怒气来震慑人们,百姓最终只是苟且免于刑罚,但是并不会感念皇上的仁德,表面上恭顺内心却不臣服。怨恨不在于大小,可怕的是心怀怨恨的人们;就像水能载舟亦能覆舟,百姓能拥戴皇帝也能推翻他的统治,这是应当深切戒慎的。奔驰的车子用着朽烂的绳索,怎么能够忽视呢?

作为帝王,看见喜欢的东西如果能想到用知足来自我克制;想要兴建宫苑,能想到适可而止使百姓安居乐业;想到自己地位高且凶险,就注意保持谦虚,加强自我修养;害怕骄傲自满,就想到要像江海一样容纳百川，虚心听取各方面的意见；享受狩猎的乐趣时，能注意从三面围捕，田猎有度；担心自己懈怠，就能时刻想到做事要慎始慎终；担心受到蒙蔽，就想到虚心采纳臣下的意见；想到身边可能出现谄媚奸邪的人，就注意端正自己的品德来斥退小人；施加恩泽，不要因为一时高兴就错误地奖赏；动用刑罚，也不要因为一时愤怒而滥施刑罚。君王要全面践行这十件应该深思的事，提高自己这九种美德修养，选拔任用有才能的人，挑选好的意见并听从它，那么有智慧的人就能完全贡献他们的谋略，勇敢的人就能充分发挥他们的力量，仁爱的人就能传播仁爱的思想，诚信的人就能献出他们的忠诚。文臣武将一起努力，国君没有大事烦忧，就能尽情享受出游的乐趣，保养得像赤松子与王子乔那样长寿，皇上弹琴听曲、不必亲自处理政务就能治理好天下，不必多说什么百姓就能受到教育感化，何必费心劳神、代臣下管理各司衙门的具体事务，让自己聪敏的眼睛和耳朵受累，违反无为而治的方针呢！

欣赏文言之美

　　从古到今，给别人提意见都不是一件容易的事，何况是给皇帝进谏，更是需要勇气和智慧，因为皇帝不听取意见很正常，搞不好进谏人还有被杀头甚至灭门的风险。清官海瑞为了给皇帝上疏曾自备棺材。所以，说服别人接纳自己的观点，除了要设身处地为对方着想，还要注意语言的艺术。

　　魏征为了让唐太宗能够采纳自己的意见，一定是费了很多苦心，才写出这篇文章。开篇先用身边的事物做比喻：树木要想长得高，根要扎得稳固；要想泉水流得远，一定要疏通它的源头；想要国家安定，一定要厚积道德仁义。明确提出自己的观点和想法以后，又从反面进行论证，

使人印象深刻。语言措辞委婉谨慎，称自己这么愚昧的人，都懂得这个道理，何况明智的皇帝。接着又举历代帝王的例子，谈到皇帝们"昔取之而有余，今守之而不足"的深层原因，从而水到渠成地提出作为君王应该深思的十件事。

唐朝奏疏常用的是骈文，讲究对偶和声律，所以往往会限制内容的表达。这篇文章突破骈文的限制，骈散结合，既有骈文的整齐华美，又有散文的自然流畅，呈现出非常强的节奏美和韵律美。文中大量运用比喻、排比和对仗的修辞手法，把一篇论述性的奏疏写得生动流畅、文采飞扬。在说理方面，文章采用对比方法，对同一个问题从正反两方面进行剖析，使说理更加透彻，也便于君王理解和接受。

成语拓展

居安思危：在平安稳定的时候要想到可能会出现的危险灾难。指时时要提高警觉，预防祸患。

戒奢以俭：这是个状语后置的短语，实际上是以俭戒奢。戒，戒除；奢，奢侈；以，用；俭，节俭。用节俭来消除奢侈。

载舟覆舟：民众犹如水，可以承载船，也可以倾覆船。比喻人民是决定国家兴亡的主要力量。

择善而从：指选择好的学，按照好的做。

垂拱而治：垂拱，垂衣拱手，形容毫不费力；治，安定或太平。古时比喻统治者不做什么，却能使天下太平。多用作称颂帝王无为而治。

卢照邻：初唐才子

卢照邻，字升之，号幽忧子。幽州范阳（今河北涿州）人。他出生在世族豪门，从小就受到了良好的教育，才华横溢。卢照邻学有所成后，来到长安拜谒权贵，希望得到权贵的提携，走上仕途。期间卢照邻得到了邓王李元裕（唐高祖李渊的第十七子，当时唐高宗李治的叔父）的赏识，邓王把他招到府中做典签，管理文书事务。卢照邻在邓王府一干就是十年。邓王府有非常丰富的藏书，卢照邻在邓王府任职期间，把这些书差不多全读完了。李元裕曾经这样称赞卢照邻："此吾之相如也。"他将卢照邻比作西汉文学大家司马相如。

卢照邻是著名的"初唐四杰"（王勃、杨炯、卢照邻、骆宾王）之一。四杰中他虽然排在第三，但是排在第二的杨炯曾经说过："愧在卢前，耻居王后"，可见卢照邻在杨炯的心目中地位非常高。

卢照邻曾经寄情自然，纵情山水，对生命的意义有独特的理解。后因饱受风疾之苦，痛不欲生，四十岁即投颍水而死。

穷鱼赋（并序）

[唐]卢照邻

> **小·档案**
>
> 出　处：《幽忧子集》。
> 名　句：相忘于江海。

　　余曾有横事①被拘，为群小②所使，将致之深议③，友人救护得免。窃感赵壹④穷鸟之事，遂作《穷鱼赋》。常思报德，故冠之篇首云。

【注释】①[横事]意外的事故或灾祸。②[群小]小人。③[深议]从重论罪。④[赵壹]东汉人。据《后汉书·文苑列传·赵壹传》："（赵壹）恃才倨傲，为乡党所摈，乃作《解摈》。后屡抵罪，几至死，友人救得免。壹乃贻书谢恩。……"所贻之书即《穷鸟赋》。

　　有一巨鳞，东海波臣①。洗净月浦，涵②丹③锦津④。映红莲而得性，戏碧浪以全身。宕而失水⑤，届⑥于阳濒⑦。渔者观焉，乃具竿索，集朋党，凫趋雀跃⑧，风驰电往，竞下任公之钓⑨，争陈豫且⑩之网，蝼蚁见而甘心⑪，猵（biān）獭（tǎ）⑫闻而抵掌⑬。于是长舌利嘴，曳纶⑭争钩，拖鬐（qí）挫鬛（liè）⑮，抚背扼喉。动摇不可，腾跃无繇（yóu）⑯，有怀纤润，宁望洪流。

【注释】①[东海波臣]《庄子·外物》载，庄子见到快要干涸的车辙中有一鲋鱼自称为"东海之波臣"。本处暗用这一典故，不仅指代大鱼，也暗示了自己当时也是处于涸辙之鲋的困境。②[涵]包含，浸渍，滋润。③[丹]指鱼体鲜红，也暗指自己无罪，一片丹心。④[锦津]和上文的"月浦"一样，都是津浦之水的美称。⑤[宕而失水]"宕"同"荡"，流荡，漂流。失水指搁浅。⑥[届]临近。⑦［阳濒］泛指岸边。阳，山南水北为阳。濒，水涯。⑧［凫趋雀跃］像野鸭那样快跑，像鸟雀那样跳跃。形容十分欢欣的样子。⑨［任公之钩］《庄子·外物》提到任国的一位公子做了一个巨大的鱼钩，用粗大的黑绳系着，以五十头牛作鱼饵，钓了一条罕见的大鱼。此处指鱼钩巨大。⑩［豫且之网］指巨大的渔网。出自《庄子·外物》的一个典故：神龟本领高强，能托梦于宋元君，但不能避开余且这个渔人的网。余且即豫且。⑪［甘心］觉得称心满意。⑫［猵獭］獭属。居水中，食鱼。又称猵獱。⑬［抵掌］，击掌。⑭［曳纶］拉钓丝。"长舌利嘴，曳纶争钩"两句都是互文见义，指人们七嘴八舌地议论，争相下钓钩。⑮［拖鬐挫鬣］鬐，本指马的鬃毛，这里同"鳍"，指鱼脊背上的鳍。鬣，本指兽类颈上的长毛，也指鱼颔旁小鳍。挫，按下。⑯［繇］同"由"，表示路径，方法。

大鹏过而哀之，曰："昔予为鲲也，与是游乎。自余羽化，之子其孤。"俄抚翼而下，负之而趋①，南浮七泽②，东泛五湖③。是鱼也已相忘于江海，而渔者犹怅望于泥途④。

【注释】①［趋］快步走，此处当指快飞。②［七泽］指古代楚地的诸湖泊。③［五湖］这里和上文的"七泽"一样，都泛指江河湖泊。④［泥途］指污浊之地。

卢照邻为什么写《穷鱼赋》

卢照邻的《长安古意》中有一句诗"梁家画阁中天起，汉帝金茎云外直"，当时权势熏天的梁王武三思认为这句诗影射了他，就将卢照邻投入了监狱。后来多亏友人救助，卢照邻重获自由，因而写了这篇《穷鱼赋》。

盛世华章，文以载道：隋唐古文

译文

我曾经因为飞来的横祸被拘留，受困于小人

读懂 小古文 爱上 大语文

之中,将被从重论罪时,多亏朋友救助而幸免于难。我想到,东汉赵壹曾遭冤枉下狱,获释后写了一篇《穷鸟赋》,于是我写了一篇《穷鱼赋》。我经常想到要报答朋友的恩德,所以把这篇文章放在了篇首。

有一条大鱼,是东海的波臣,在月光映照的水面洗浴养心,涵泳于水美如锦缎的渡口而形成丹彩之色。掩映在红莲之下而养成芳洁之性,游戏在碧浪之中而保全清白之身。游着游着却不小心搁浅了,被困在北边的岸上。渔夫看到了,准备好钓具,邀请朋友一起,众人欢呼雀跃,风驰电掣般争相前往,渔夫用巨大的鱼钩、粗黑的绳子和宽大的渔网来捕捉这条大鱼。蝼蚁见到了这个场景觉得称心满意,吃鱼的水獭们听说这样的大鱼到了岸上都高兴得击掌。人们七嘴八舌地议论着,争相下钓钩,有人拖动和按住鱼鳍,有人抚着鱼背扼住其喉咙。大鱼动弹不得,想要飞跃逃逸却没有办法,这时候它想要些微之水都不可得，哪里还敢奢望巨大的洪流呢？

　　一只大鹏从天空飞过，看到了大鱼的困境，为它感到悲哀，说："我以前还是大鱼的时候，曾经与你一起欢游。自从我生出翅膀变成了大鹏，就只留下你一个人孤孤单单了。"一会儿大鹏拍击翅膀飞下来，背起大鱼快速地飞走了，飞到了广阔的江河湖泊中。大鱼又回到了江湖浩瀚之中，自在游泳，与大鹏彼此相忘，而渔人们尚且还在岸边的污泥中怅望。

欣赏文言之美

　　写作的时候可以学习、借鉴别人的优秀作品，但是这种借鉴不是照抄照搬，而是在原来的基础上有所创新。卢照邻的这篇《穷鱼赋》实际上就是模仿了东汉赵壹的《穷鸟赋》。一方面，二者的写作背景类似，都是身处困境受到别人救助而获得自由，心中感谢、感慨，继而将感情诉诸文字。另一方面，二者都使用了比喻，赵壹把自己比作鸟，卢照邻把自己比作鱼。值得注意的是，《穷鱼赋》比《穷鸟赋》更胜一筹，卢照邻把救助自己的恩人比作"大鹏"，比喻贴切，充满了敬佩、感激之情。

　　此外，《穷鱼赋》的创新还体现在想象力丰富，具有浓郁的浪漫色彩。文中大量化用了庄子作品中的典故，比如"东海波臣""宕而失水""任公之钓""豫且之网""蝼蚁见而甘心""有怀纤润，宁望洪流"，全都来自庄子。特别是文章的最后一段，大鹏救出困境中的大鱼，更是化用了《庄子·逍遥游》中鲲鹏的典故，贴切奇巧，令人赞叹。

读懂 小古文 爱上 大语文

骆宾王：讨武檄文天下传

骆宾王，字观光，婺（wù）州义乌（今浙江义乌）人。唐代文学家。与王勃、杨炯、卢照邻合称"初唐四杰"。

骆宾王自幼就聪慧过人，家喻户晓的《咏鹅》据说就是他七岁的时候写的。他是一个才华横溢的诗人，在"初唐四杰"中，骆宾王诗作最多且特别擅长七言歌行体。六朝以来文风比较颓废，唐初的诗风也是浮靡的，骆宾王对于文风的改变有很大的贡献。

骆宾王的一生，一直在不断地讨伐武则天。武则天当政时期，他多次上书讽刺，也曾因此入狱，狱中写下了《在狱咏蝉》，后来遇赦被释放。但这并没有改变他对武则天的态度。李敬业起兵讨伐武则天，骆宾王为他写下了著名的《代李敬业传檄天下文》。这篇檄文写得慷慨激昂，气吞山河。当武则天读到"一抔之土未干，六尺之孤安在"时被深深打动，感叹这么有才能的人都不能为自己所用，真是宰相的失职。连被讨伐的对象武则天都赞叹其才，足见骆宾王文采不凡。

李敬业败亡后，骆宾王下落不明。有人说他死于乱军之中，有人说他遁入了空门，然而，他的这篇檄文却传诵千古。

在狱咏蝉序

[唐] 骆宾王

小·档案

出　　处：《骆临海集》。
文　　体：诗序。

　　余禁所禁垣（yuán）①西，是法曹厅事②也，有古槐数株焉。虽生意可知，同殷仲文之枯树③；而听讼斯在，即周邵伯之甘棠④，每至夕照低阴，秋蝉疏引，发声幽息，有切尝闻。岂人心异于曩（nǎng）时⑤，将⑥虫响悲乎前听？嗟乎，声以动容，德以象⑦贤。故洁其身也，禀⑧君子达人之高行；蜕其皮也，有仙都羽毛之灵姿。候时而来，顺阴阳之数；应节为变，审⑨藏用之机。有目斯开，不以道昏而昧⑩其视；有翼自薄，不以俗厚而易⑪其真。吟乔树之微风，韵姿天纵；饮高秋之坠露，清畏人知。仆失路艰虞，遭时徽纆（mò）⑫。不哀伤而自怨，未摇落而先衰。闻蟪蛄（huì gū）⑬之流声，悟平反之已奏；见螳螂之抱影，怯危机之未安。感而缀诗⑭，贻⑮诸知己。庶情沿物应，哀弱羽之飘零；道寄人知，悯馀声之寂寞。非谓文墨，取代幽忧云尔。

【注释】①[垣]墙。②[法曹厅事]指法曹的官署。法曹是唐代主管司法的官员。③[虽生意两句]东晋殷仲文，做东阳太守后，常悒郁不乐，见府中老槐树，叹曰："此树婆娑，无复生意。"借此自叹不得志。骆宾王借此表达同样的感情。④[而听讼斯在，即周邵伯之甘棠]传说周代召公巡行，为了不烦劳百姓，就在甘棠（即棠梨）树下断案。⑤[曩时]前时。⑥[将]抑或。⑦[象]效仿，效法。⑧[禀]领受，秉承。⑨[审]知道，洞察。⑩[昧]昏暗。⑪[易]改变。⑫[徽纆]捆绑罪犯的绳索,这里是被囚禁的意思。⑬〔蟪蛄〕一种小蝉。⑭〔缀诗〕成诗。
⑮〔贻〕赠。

译文

　　囚禁我的牢房的西墙外,是受案听诉的公堂,那里有几株古老的槐树。老槐树看上去虽然生机勃勃,但在我这个失去自由的人的眼里,它们和东晋殷仲文被贬谪后眼中的槐树一样,了无生气;但听诉公堂在此,就像周代的召公巡行在棠梨树下审案一般。每到傍晚,夕阳西下,秋蝉在树上低低地鸣唱,生息清幽低微,凄凉哀切,超过先前所闻。难道是我的心情跟以前不一样的缘故,为什么现在的蝉鸣听起来如此悲伤?唉,蝉的鸣唱足以令人动容,它的品德足以象征贤能;它生长于泥土中却能保持清洁,如君子和贤能一般具有高洁的品行;待它蜕皮之后,身姿轻盈美妙,如仙人般灵动。它等待时令的到来,顺应自然界的变化;根据不同的时节改变自己的身体,洞察隐居地下和飞上天空的时机。它的眼睛瞪得大大的,不会因为道路昏暗而看不清方向;它的翅膀薄而轻盈,不会因为世俗沉浊而改变自身的本真。它落在高高的树上伴着清风吟唱,美妙的风韵和姿态浑然天成;它饮用秋天高空中落下的露水,如此高洁却生怕人们知道。我现在前行无路,处境艰难,遭受牢狱之灾。我的内心即使不悲伤,也常常自怨自艾,就像秋天的树木一样,虽未凋落却已是衰败。现在我听着悠悠蝉鸣,想到为自己平反昭雪的奏章已经上报;但看到躲藏在暗处的螳螂那欲捕鸣蝉的身影,我又非常害怕,感觉自身的危机还没有解除。触景生情,感慨良多,遂写成一首小诗,赠送给诸位知己。大概人

们的感情多因外物而生，（希望大家读了这首诗）能哀叹我如微弱的秋蝉一般飘零的境遇；希望我的心声能够被人们知晓，大家能够怜悯我最后悲鸣的寂寞心情。这文字写得实在一般，只是为了抒怀解忧罢了。

欣赏文言之美

这是一篇诗序。就像弹奏乐器之前要试试音、做运动之前要热热身一样，有的诗人写诗前也会写一段序言或者"引子"，交代一下写这首诗的前因后果。骆宾王的这首《在狱咏蝉序》就是这样的一个"引子"。

骆宾王怀有满腔的才情，一心想报效国家，但是却因为得罪武则天而下狱，他满腔的热情就这样慢慢消失了。他在监狱中想到高声鸣唱的秋蝉，对照自己身陷囹圄的凄惨处境，于是把自己比作秋蝉，作诗以抒发无尽的苦闷。本文由物到人，由人及物，达到了人和物化为一体的境界。

在狱咏蝉

（唐）骆宾王

西陆蝉声唱，南冠客思深。不堪玄鬓影，来对白头吟。
露重飞难进，风多响易沉。无人信高洁，谁为表予心。

在这深秋时节，蝉在枝头不住地鸣唱，我这身陷囹圄的囚徒，内心的愁苦深切又绵长。怎么能忍受秋蝉煽动着乌黑的翅膀，对着我一头斑斑白发不住地低鸣呢！天寒露重，秋蝉难以高飞；秋风萧萧，清脆的蝉声在大风中也显得低沉。没有人相信秋蝉是如此清廉高洁，谁又能为我表白这一颗冰清玉洁的心呢！

读懂 小古文 爱上 大语文

与情亲书

[唐]骆宾王

小·档案

出　　处：《骆临海集》。
文　　体：书信。

　　风壤一殊①，山河万里！或平生未展，或睽索（kuí suǒ）②累年，存没寂寥，吉凶阻绝，无由聚泄③，每积凄凉。

【注释】①[风壤一殊]风土人情完全不一样。②[睽索]离散。③[聚泄]聚首倾谈。

　　近缘之官，佐任海曲①，便还②故里，冀叙宗盟③。徒有所怀，未毕斯愿！不意远劳折简④，辱逮湮沦（yān lún）⑤，虽未叙言，暂如披面。晚夏炎郁⑥，并想履（lǚ）宜⑦。宾王疾患，忽无况⑧耳。

【注释】①[海曲]海边。②[便还]便道回乡。③[冀叙宗盟]希望与合族亲戚团聚畅叙。④[简]竹简，指书信。⑤[湮沦]沦落；埋没。⑥[炎郁]闷热。⑦[履宜]平安，书信用语。⑧[忽无况]微不足道，情况不严重。

译文

　　异乡客地的风土人情完全不一样，我与故土相距万里之遥！亲戚故旧中有的直至去世我也未见，有的虽然在世也与我离散多年，生死不知，消息沉寂，凶吉不知，音讯阻隔，没有办法聚首倾谈，每每因此心中郁积凄凉。

　　最近因为要到临海县任佐助官（县丞），可以顺便回到家乡，希望与全族亲戚团聚畅叙。我虽有这个美好的愿望，却没能实现！想不到忽然收到您从远方寄来的书信，慰问我被贬官远任的遭遇，我们虽然不能当面叙谈，但见信即如见面。现在正值晚夏时节，天气闷热，希望您健康平安。我有点儿小病痛，已经没什么事了。

欣赏文言之美

如果一个人有满腹的才情想报效国家，却"英雄无用武之地"，会不会很郁闷？如果一个人对朝廷有满腔的热情和忠诚，却被皇帝怀疑，会不会很苦闷？如果一个人报国无门，被贬到偏远的地方，孤苦伶仃，会不会很伤心？相信这几个问题的答案都是肯定的。骆宾王就遇到了这几种情况。他因为触忤了武后被贬为临海县丞，满腔的热情付之东流，在独自前往临海的路上，想起往事，想到自己当前的处境，难免思绪万千。苦闷、孤独，对家乡和亲人炽烈的思念，化为哀婉凄美的文字，在给亲人写信时他不吐不快。

与故土在空间维度上"山河万里"的阻绝感，与亲人在时间维度上"瞬索累年"的隔离感，加重了作者内心的凄凉、悲伤。本文语言简洁，具有极强的感染力。

王勃：英年早逝的天才

王勃（650 或 649—676），字子安，绛州龙门（今山西河津）人。唐朝文学家，位居"初唐四杰"之首。

少年成名，实力"圈粉"无数

王勃幼年时就非常聪慧，六岁时便能作诗，下笔流畅，词情英迈，被赞为"神童"。小王勃曾随兴作五言绝句《春庄》一首："山中兰叶径，城外李桃园。岂知人事静，不觉鸟声喧。"九岁时，王勃读颜师古为《汉书》作的注，发现多处错误，便洋洋洒洒写下十卷《汉书注指瑕》，指出《汉书注》的具体错误，论据充分，有理有据。颜师古是唐高祖李渊的机要秘书，是两汉经史方面的大家，敢于批判权威，说明了王勃的才气之高。就是凭着这种才气，王勃小小年纪就在文坛崭露头角，实力"圈粉"无数。

666 年，王勃通过考试成为朝廷最年轻的官员。之后，他才思泉涌，笔端生花，写下《乾元殿颂》，唐高宗见到后惊叹不已："奇才，奇才，我大唐奇才！"

遇祸被贬

早年王勃在沛王府担任草拟有关典礼文稿的职务，深得沛王李贤的欢心。一次，沛王李贤与英王李显斗鸡，王勃为给沛王助兴，就写了一篇《檄英王鸡文》，讨伐英王的斗鸡。不料唐高宗看到这篇文章后，龙颜大怒，认为王勃在挑动两个王之间的争端，于是下令将他逐出长安。

671 年，王勃从蜀地返回长安参加科选。他的朋友凌季友当时为虢（guó）州司法，因为虢州药物丰富，而王勃知医识药，所以凌季友便为他在虢州谋得一个参军的职位。就在王勃任虢州参军期间，有个叫曹达的官奴犯了罪，王勃将罪犯藏匿起来，后来又怕走漏风声，便杀了曹达，因此犯了死罪。幸亏遇上大赦，王勃才没有被处死。

撰写不朽名篇——《滕王阁序》

王勃因杀死官奴曹达，连累了他的父亲王福畤，王福畤从雍州司功参军被贬到现在位于越南北部的交趾当县令，这对王勃的打击很大。王勃出狱后，在家里待了一年多，这时朝廷宣布恢复他的旧职，但是他已经对做官失去了兴趣，于是就拒绝了。

675年秋，王勃动身前往交趾看望父亲，路过南昌时，正赶上洪州都督阎伯屿新修了滕王阁，重阳节时在滕王阁大宴宾客。实际上，阎都督此次宴客，是为了向大家夸耀女婿孟学士的才学。他让女婿事先准备好一篇序文，在席间当作即兴所作拿出来给大家看。王勃由于当时名声比较大，也被邀请参加了这次宴会。宴会上，阎都督让人拿出纸笔，请大家为这次盛会作序。在场的人都知道他的用意，所以都托词不作。

年轻气盛的王勃不明就里，他接过纸笔，当众挥笔而书。阎都督虽不高兴，却也不便当众发作，他拂衣而起，转入帐后，让人去看王勃写的句子。听说王勃开篇写道"豫章故郡，洪都新府"，都督便说："不过是老生常谈。"又闻"星分翼轸，地接衡庐"，沉吟不语。等听到"落霞与孤鹜齐飞，秋水共长天一色"，都督不得不叹服道："此真天才，当垂不朽！"

676年，王勃在交趾县见到了生活窘困的父亲，在返回途中王勃不幸溺水身亡，一代天才英年早逝，令人叹息。

滕王阁序

[唐] 王勃

小·档案

出　　处：《王子安集》。
名　　句：落霞与孤鹜齐飞，秋水共长天一色。

　　豫章故郡，洪都新府①。星分翼轸（zhěn）②，地接衡庐③。襟④三江而带⑤五湖，控蛮荆而引⑥瓯（ōu）越⑦。物华天宝，龙光⑧射牛斗之墟；人杰地灵，徐孺下陈蕃（fān）之榻⑨。雄州雾列⑩，俊采⑪星驰，台隍⑫枕夷夏之交，宾主尽东南之美。都督阎公之雅望⑬，棨（qǐ）戟⑭遥临⑮；宇文新州之懿范⑯，襜（chān）帷⑰暂驻。十旬休假，胜友⑱如云；千里逢迎，高朋满座。腾蛟起凤，孟学士之词宗；紫电青霜，王将军之武库。家君作宰⑲，路出⑳名区；童子何知，躬逢胜饯。

【注释】①［豫章故郡，洪都新府］汉代设置豫章郡，治所在南昌，所以称"故郡"。唐初把豫章郡改为"洪州"，所以称"新府"。"豫章"一作"南昌"。②［翼轸］翼、轸都是星宿名，古人习惯以天上星宿与地上区域对应，这里指南昌在翼、轸两星的分野。③［衡庐］衡指衡山，代指衡山所在的衡州；庐指庐山，代指庐山所在的江州。④［襟］以……为襟。豫章在三江上游，三江就像豫章的"衣襟"，故有此说。三江指太湖的支流松江、娄江、东江，这里泛指长江中下游的江河。⑤［带］以……为带。五湖在豫章周围，就像衣服的衣带。五湖泛指太湖区域的湖泊。⑥［引］连接。⑦［瓯越］古越地，现今的浙江地区。⑧［龙光］指宝剑的光辉。《晋书·张华传》记载，晋初，牛、斗二星之间常有紫气照射，张华遂命雷焕在丰城寻剑，雷焕寻得龙泉、太阿二宝剑。后来这对宝剑入水化为双龙。⑨［徐孺下陈蕃之榻］

徐孺,字孺子,名稚。东汉名士陈蕃做豫章太守时,素来不接待宾客,却为隐士徐稚在家里设了一个睡榻,平时挂起,只有徐稚来访时才放下,徐稚走后再悬置起来。⑩[雾列]像雾一样浓密。雾,名词作状语。下文"星"的用法同"雾"。⑪[俊采]指人才。⑫[台隍]城台和城池,这里代指南昌城。⑬[雅望]崇高声望。⑭[棨戟]外有赤黑色缯作套的木戟,古代大官出行时用的一种仪仗。⑮[遥临]从远处来临。⑯[懿范]美好的风范。⑰[襜帷]车上的帷幔,这里代指车马。⑱[胜友]才华出众的朋友。⑲[宰]县官。⑳[出]过。

盛世华章,文以载道:隋唐古文

时维九月,序①属三秋②。潦(lǎo)水③尽而寒潭清,烟光凝而暮山紫。俨(yǎn)④骖騑(cān fēi)⑤于上路⑥,访风景于崇阿(ē)⑦;临帝子之长洲,得天人之旧馆⑧。层⑨台耸翠,上⑩出重霄;飞阁翔丹,下临⑪无地⑫。鹤汀⑬凫(fú)⑭渚,穷岛屿之萦回;桂殿兰宫,即冈峦之体势。

披⑮绣闼(tà)⑯,俯雕甍(méng)⑰,山原旷其盈视⑱,川泽纡(yū)其骇瞩⑲。闾(lǘ)阎(yán)⑳扑㉑地,钟鸣鼎食之家;舸(gě)舰迷津㉒,青雀黄龙之轴(zhú)㉓。云销㉔雨霁,彩㉕彻㉖区㉗明。落霞与孤鹜(wù)

齐飞,秋水共长天一色。渔舟唱晚,响穷㉘彭蠡(lǐ)之滨;雁阵惊寒,声断㉙衡阳之浦。

【注释】①[序]时序,指春夏秋冬。②[三秋]古人称七、八、九月为孟秋、仲秋、季秋,三秋即季秋,九月。③[潦水]雨后的积水。④[俨]整齐的样子。⑤[骖骓]驾车的马。⑥[上路]高高的道路。⑦[崇阿]高大的山陵。⑧[旧馆]指滕王阁。⑨[层]重叠。⑩[上]上达。⑪[临]从高处往下探望。⑫[无地]看不见地面,形容高峻。⑬[汀]水边平地。⑭[凫]野鸭。⑮[披]开。⑯[绣闼]绘饰华美的门。⑰[雕甍]雕饰华美的屋脊。⑱[盈视]极目远望,满眼都是。⑲[骇瞩]对所见的景物感到惊骇。⑳[闾阎]里门,这里代指房屋。㉑[扑]满。㉒[迷津]布满渡口。㉓[舳]通"舳",船尾,此处指船。㉔[销]通"消",消散。㉕[彩]日光。㉖[彻]贯通。㉗[区]天空。㉘[穷]穷尽,引申为"直到"。㉙[断]止。

遥襟甫畅,逸兴遄(chuán)飞。爽①籁②发而清风生,纤歌凝而白云遏。睢(suī)园③绿竹,气凌彭泽④之樽;邺(yè)水朱华⑤,光照临川⑥之笔。四美⑦具,二难⑧并。穷睇眄(dì miǎn)⑨于中天,极娱游于暇日。天高地迥(jiǒng)⑩,觉宇宙之无穷;兴尽悲来,识盈虚之有数。望长安于日下,目吴会(kuài)⑪于云间。地势极而南溟(míng)⑫深,天柱高而北辰⑬远。关山难越,谁悲失路之人;萍水相逢,尽是他乡之客。怀帝阍(hūn)⑭而不见,奉宣室⑮以何年?

【注释】①[爽]形容籁的发音清脆。②[籁]排箫,一种由多根竹管编排而成的管乐器。③[睢园]即睢阳菟园,汉梁孝王所建,梁孝王曾在园内召集文人雅士饮宴赋诗。④[彭泽]此处代指陶渊明,陶渊明曾任彭泽县令。⑤[邺水朱华]邺水里的荷花。邺(今河北临漳),是曹魏兴起的地方。曹植曾在此作过《公宴诗》,诗中有"朱华冒绿池"。朱华,荷花。⑥[临川]郡名,治所在今江西抚州,此处代指谢灵运,他曾任临川内史。⑦[四美]指良辰、美景、赏心、乐事。⑧[二难]指贤主、嘉宾难得。⑨[睇眄]看。⑩[迥]大。⑪[吴会]秦汉时会稽郡的治所在吴县,郡县连称吴会,即今江苏苏州。⑫[南溟]南方的大海。⑬[北辰]北极星,暗指国君。⑭[帝阍]天帝的守门人,此处代指皇宫的宫门。⑮[宣室]汉代未央宫前殿正室,贾谊被贬长沙后,汉文帝召他回长安,曾在宣室接见他。

嗟乎!时运不齐①,命途多舛(chuǎn)②。冯唐③易老,李广④难封。屈贾谊⑤于长沙,非无圣主;窜梁鸿⑥于海曲,岂乏明时?所赖君子见机⑦,达人知命。老当益壮,宁移白首之心?穷且益坚,不坠青云之志。酌贪泉⑧而觉爽,处涸辙⑨以犹欢。北海虽赊,扶摇可接;东隅(yú)⑩已逝,桑榆⑪非晚。孟尝⑫高洁,空馀报国之情;阮籍⑬猖狂,岂效穷途之哭?

【注释】①[不齐]有蹉跎、有坎坷。②[舛]不顺。③[冯唐]西汉人,汉文帝、汉景帝时没有被重用,汉武帝时要求举荐贤能,有人推荐了冯唐,但冯唐此时已经九十多岁,没法为国效力了。④[李广]汉武帝时的名将,在与匈奴作战时屡立战功,却始终没有被封爵。⑤[贾谊]西汉初年的名士,后被贬为长沙王太傅。⑥[梁鸿]东汉时的隐士,因作诗讽刺朝廷,触怒汉章帝,被迫逃至齐鲁一带躲避。⑦[见机]事前洞察事物的动向。⑧[贪泉]泉名,传说在今广州北。传说喝此泉水会让人变得贪婪,但晋代廉吏吴隐之喝此泉后操守更加坚定。⑨[涸辙]干涸的车辙,比喻困境。《庄子·外物》中有车辙中鲋鱼求救的寓言。⑩[东隅]指日出的地方,表示早晨。⑪[桑榆]指日落的地方,表示傍晚。⑫[孟尝]东汉官吏,为人清廉高洁,造福于民。他称病

辞归后隐居乡间，后来有人向朝廷举荐孟尝，但孟尝终究没有被重用。⑬［阮籍］魏晋时期的名士，因不满时局险恶、政治黑暗，佯装癫狂。他有时驾车出行，路不通时便痛哭而返。

勃，三尺微命①，一介书生。无路请缨，等终军②之弱冠③；有怀投笔④，慕宗悫（què）⑤之长风。舍簪笏（hù）于百龄，奉晨昏于万里。非谢家之宝树⑥，接⑦孟氏之芳邻⑧。他日趋庭⑨，叨（tāo）⑩陪鲤⑪对⑫；今晨捧袂⑬，喜托龙门⑭。杨意⑮不逢，抚凌云⑯而自惜；钟期⑰相遇，奏流水以何惭？

【注释】①［三尺微命］指地位低下。②［终军］汉武帝时著名的外交人物，二十多岁时自愿请缨出使南越，说服南越王归附汉朝。③［弱冠］古人二十岁行冠礼，表示成年。但体犹未壮，所以称为"弱冠"。④［投笔］指投笔从军，用班超投笔从戎的典故。⑤［宗悫］南朝宋人，少年时很有抱负，曾表示"愿乘长风破万里浪"。⑥［谢家之宝树］比喻好子弟。晋朝太傅谢安曾问子侄们："为什么人们总希望自己的子弟好？"其侄谢玄回答："譬如芝兰玉树，欲使其生于庭阶耳。"⑦［接］通"结"，结交。⑧［孟氏之芳邻］据说孟子的母

亲为教育孩子曾三次搬家,择邻而居。⑨〔趋庭〕指接受父亲的教诲。趋,小步快走。⑩〔叨〕惭愧地承受,表示自谦。⑪〔鲤〕孔子的儿子孔鲤。《论语》中曾记载孔鲤"趋而过庭",接受父亲的教诲。⑫〔对〕庭对,指接受教诲。⑬〔捧袂〕举起双袖作揖,指谒见阎公。⑭〔龙门〕比喻声望高的人的门第,这里指阎公的门第。⑮〔杨意〕指杨得意,曾向汉武帝推荐司马相如。⑯〔凌云〕司马相如曾作《大人赋》,武帝读后大悦,"飘飘乎有凌云之气"。⑰〔钟期〕指钟子期,春秋时期楚国人。伯牙鼓琴,时而志在高山,时而志在流水,钟子期都能听出来,后人就用"高山流水"比喻知音。

呜呼！胜地不常，盛筵难再，兰亭①已矣，梓泽②丘墟。临别赠言，幸承恩于伟饯；登高作赋，是所望于群公。敢竭鄙③诚，恭疏短引，一言④均赋⑤，四韵⑥俱成。请洒潘江，各倾陆海云尔⑦。

【注释】①[兰亭]东晋王羲之等曾经在兰亭宴集。兰亭故址在今浙江绍兴。②[梓泽]西晋石崇金谷园的别称，位于今河南洛阳。③[鄙]表示自谦。④[一言]指一首诗。⑤[均赋]每人作诗一首。⑥[四韵]八句四韵诗。⑦[请洒潘江，各倾陆海云尔]潘江、陆海出自钟嵘的《诗品》，其中有"陆（机）才如海，潘（岳）

滕王阁

（唐）王勃

滕王高阁临江渚，佩玉鸣鸾罢歌舞。
画栋朝飞南浦云，珠帘暮卷西山雨。
闲云潭影日悠悠，物换星移几度秋。
阁中帝子今何在？槛外长江空自流。

在江心的沙洲上，巍峨高大的滕王阁巍然耸立，当年佩玉、鸾铃鸣响的华丽歌舞已成过眼云烟。

早上，南浦的云轻轻掠过滕王阁的雕梁画栋；傍晚，西山的烟雨轻轻打湿了滕王阁的珠帘。

彩云的影子悠闲地在水面上掠过，星空下的景物不断变换，秋去冬来，转眼就是几个春秋。

昔年在滕王阁上游玩赏乐的皇子如今在哪里呢？只有栏杆外的江水还在滔滔不绝地奔流。

才如江"一句。这里用来形容众宾客的文才。云尔,语气助词,用于句尾表示全文的结束。

译文

这里以前是汉代的豫章郡治所,现在是洪州都督府所在地。从与天上星宿的对应上看,这里处于翼、轸二星的分野;从地域方面来说,这里连接着衡州和江州。三江就像它的衣襟,五湖就像它的衣带,它控制着古楚国一带,连接着古越国地区。这里物产丰饶华美,其中龙泉、太阿二剑的剑气直冲牛、斗二星之间;人中有英杰,大地有灵气,就连素来不喜接待宾客的豫章太守陈蕃也专为徐孺设榻。雄伟的洪州城,房屋像雾般罗列,英俊的人才像流星一样奔驰驱走。南昌城位于中原与南夷的交界处,参加此次宴会的主人和宾客包括了东南地区最优秀的人才。都督阎公声望崇高,远道到洪州坐镇;新州刺史宇文大人德行美好,赴任途中也在此停留。今天正逢十日一旬休假的日子,这里迎来很多远道而来的客人,良友云集,高朋满座。在座的不仅有像孟学士一样众望所归的文坛高士,他的文章如腾龙舞凤一般;也有像王将军一样满腹文韬武略的勇武之士,他兵器库中的紫电、青霜二宝剑寒气逼人。我的父亲在远方作县令,我去探亲路过此地,

我年幼无知，竟有幸被邀请参加这场盛大的宴会。

时值九月深秋，夏天积的雨水已经消尽，潭水清澈，天空凝结着云烟，山峦在暮霭中呈现出绚丽的紫色。我驾驶着马车走在高高的山路上，在崇山峻岭之间访求风景，到达这个昔日滕王所居住的长洲，找到仙人居住过的宫殿。这里山峦重叠，青翠的山峰直冲云霄；凌空的楼阁，红色阁道鲜艳欲滴，犹如飞翔在天上，从阁道往下看，深不见底。仙鹤、野鸭栖息的平地与沙洲，极尽岛屿的曲折回环之美；华美的宫殿依山而建。推开精美的阁门，能一眼看到下面雕饰华美的屋脊，放眼远望，辽阔的山岭、平原尽收眼底，迂回的河流、湖泽给人无限惊奇。里巷中密集的精美房屋，是钟鸣鼎食的富贵人家。塞满渡口的船只，也都是雕饰着青雀、黄龙的大船。云消雨散，阳光普照，天空澄澈。远处天空中的晚霞像与飞雁一起飞翔，秋天的碧水与低低的青天连成一片，分不清哪里是水，哪里是天。傍晚的渔船中传来阵阵歌声，在彭蠡湖上空回响；大雁在寒风中长鸣，哀鸣声一直传到衡阳的水边。

我登高望远，只觉胸襟开阔，兴致即起。清脆的排箫引来阵阵清风，柔缓的歌声吸引了行云。今日之盛宴就好比当年梁孝王的梁园雅集，大家的酒量胜过陶渊明；参加宴会的才子高士，就像当年曹植咏叹荷花一般，能写出清丽的诗句，文采光照谢灵运的诗笔。音乐、美食、文章、言语都已经齐备，贤主、嘉宾千载难逢，也齐聚于此。放眼眺望高空，尽享闲暇的欢愉。天高地阔，感慨宇宙的无穷；欢乐逝去，悲哀袭来，才意识到世间万物的兴衰成败都有定数。向西遥望夕阳余晖中的都城长安，向东远看隐在云雾中的吴郡，苍茫大地延伸到偏远的尽头，南边是深不可测的大海；昆仑山天柱高耸，遥挂中天的北斗星更是邈远。关山重重难以跨越，有谁能对郁郁不得志的我报以同情？毕竟大家像水中浮萍，聚散不定，都是异乡之客。我虽然心系朝廷，但是却没有机会面见圣上，什么时候才能像贾谊那样受到皇上的召见呢?

啊!各人的机遇不同,命运也多磨难。冯唐还未得到重用就已经老去,李广屡立战功却终其一生没能得到封赏。当年贾谊被贬到长沙,并不是没有贤明的君主:梁鸿到海边隐居,难道是在政治不清明的时代吗?不过是君子能够察觉事物的先兆,通达的人知道自己的命数罢了。年华渐老也应该坚定自己的志向,怎么能够在白发苍苍的时候改变心志?即便是在艰难困苦的环境之中,也不能放弃自己的凌云之志。即使喝了贪泉的水,心境依然保持清爽廉洁;身处困厄之中,仍能保持乐观开朗。北海虽然遥远,乘着大风依然可以到达;晨光虽然已经消逝,珍惜黄昏仍然为时不晚。孟

三叹王勃

676年冬,脍炙人口的《滕王阁序》已经在长安城家喻户晓了。一天,唐高宗也读到这篇序文,见有"落霞与孤鹜齐飞,秋水共长天一色"句,不禁拍案,惊道:"此乃千古绝唱,真天才也。"他又往下读:"滕王高阁临江渚,佩玉鸣鸾罢歌舞。画栋朝飞南浦云,珠帘暮卷西山雨。闲云潭影日悠悠,物换星移几度秋。阁中帝子今何在?槛外长江空自流。"唐高宗对王勃的偏见一扫而空了,连声叹道:"好诗,好诗!真乃罕世之才,罕世之才!当年朕因斗鸡文逐斥了他,是朕之错也。"于是高宗问道:"现下,王勃在何处?朕要召他入朝!"太监吞吞吐吐答道:"王勃已落水而亡。"唐高宗喟然长叹,自言自语:"可惜,可惜,可惜!"

尝品行高洁，却空有报国之心；阮籍狂放不羁，我们怎能像他一样无路可走时便大哭而返呢？

　　王勃我只是一个地位卑微的书生，虽然我和请缨时的终军同龄，也有像班超那样投笔从戎的豪情和宗悫"乘风破浪"的壮志，但是却没有机会像他们一样报效国家。如今我放弃了功名，到万里之外去侍奉父亲。我自知没有谢玄那样的才情，却在这里结识了诸位名家。不久之后我将见到父亲，像孔鲤那样有礼地聆听他的教诲，今日我有幸参加宴会，如登龙门。司马相如如果没有杨得意的引荐，虽有才华也只能自叹自惜。既然如伯牙般遇到钟子期那样的知音，演奏高山流水的乐曲又有什么可惭愧的呢？

　　唉！风景名胜不能长存，盛宴也很难再遇。当年兰亭集会的盛况已成过眼云烟，繁华的金谷园也变为废墟。承蒙这次盛宴，故写小文以纪念；至于登高作赋，就靠在座的诸公了。竭尽心力，我恭敬地写下这篇短序，并作了一首四韵小诗，请大家像潘岳、陆机那样，展现如江海般的才情吧。

欣赏文言之美

说起写景，可能很多同学都会摇头，觉得不如记叙文好写，尤其要写的是一座楼阁，很多同学会说："这有什么好写的呢？"可是王勃却给了我们一个生动的例子，滕王阁因他的文笔而跻身"四大名楼"（江西南昌滕王阁，湖北武汉黄鹤楼，湖南岳阳岳阳楼，山西运城鹳雀楼）。

他是怎么写的呢？一是与其他景物互相映衬。写滕王阁不能只写阁楼本身，否则就会显得单调乏味。王勃的笔下，不仅有滕王阁，还有广阔的山峦平原，曲折迂回的川流，有"鹤汀凫渚"，有"舸舰弥津"，各种景物错落有致，相互映衬，形成了一幅风景饱满的美景图。二是注意色彩搭配。"潦水尽而寒潭清，烟光凝而暮山紫"，淡雅的水色，绚丽的山色，色彩变幻，奇美无比。三是虚实结合。写景的文章如果仅仅是对实景进行描摹，未免显得呆板，如果加入适当的想象，就能让静止的画面"活"起来。"渔舟唱晚""雁阵惊寒"，遥想渔歌和雁声为画面增加了生动的一笔。

当然，这篇文章之所以成为传世名篇，除了这些绮丽的景物描写，王勃还在文中寄寓了对于自身遭遇的感叹。冯唐、李广、贾谊、梁鸿人生失意，孟尝和阮籍报国无门，终军、班超、宗悫充满豪情壮志，谢玄满腹才情，孔鲤对父恭敬，司马相如幸遇伯乐，伯牙得到钟子期这个知音……各种名家典故信手拈来，文意摇曳多姿，令人目不暇接，其中蕴藏的深沉情感足以引发后人共鸣。

王维：多才多艺的诗人

王维（701？—761），字摩诘，号摩诘居士。河东蒲州（今山西永济）人，唐朝诗人、画家。因笃信佛教，有"诗佛"之称。

王维出身河东王氏，年轻时到长安拜谒权贵，以求仕进，很快凭借诗才名动京城，成为王公贵族的宠儿。721年，他考中进士，加官太乐丞，不久就因属下犯错被牵连，贬为济州司仓参军。从济州离任后，王维半闲半隐，与山水田园为伴，十年后才再次到朝中任职。

安史之乱中，长安沦陷，王维曾被迫在安禄山政府担任伪职。长安被收复后，清算伪官时王维差点被治罪，幸亏弟弟等人拼命施救才获免。此后，王维更加无心仕途，在佛理和山水中寻求寄托。

王维多才多艺，喜欢诗、书、画、音乐等，而且都达到了精通的地步。在诗歌方面，他将山水田园诗推向了一个新的高度。苏轼评价他："味摩诘之诗，诗中有画；观摩诘之画，画中有诗。"

山中与裴秀才迪书

［唐］王维

小·档案

出　　处：《王右丞集》。
人　　物：裴迪，唐代著名山水田园诗人，王维的好友。

近腊月下，景气①和畅，故山②殊③可过④。足下⑤方温经，猥⑥（wěi）不敢相烦，辄（zhé）便⑦往山中，憩⑧感配寺，与山僧饭讫（qì）⑨而

去。北涉玄灞（bà）⑩，清月映郭。夜登华子冈⑪，辋（wǎng）水⑫沦涟，与月上下。寒山远大，明灭林外。深巷寒犬，吠声如豹。村墟⑬夜舂（chōng）⑭，复与疏钟相间。此时独坐，僮仆静默。多思曩⑮昔，携手赋诗，步仄径⑯，临清流也。

【注释】①[景气]景色，气候。②[故山]旧居的山，指作者的"辋川别业"所在地的蓝田山。③[殊]很。④[过]拜访、游览。⑤[足下]您，对人的尊称。⑥[猥]不合时宜地，自谦之词。⑦[辄便]就，随即。⑧[憩]休息。⑨[饭讫]吃完饭。讫，完。饭，名词作动词，吃饭。⑩[玄灞]深绿色的灞水。玄，黑色，指水深绿发黑。⑪[华子冈]王维辋川别业中的一处胜景。⑫[辋水]即辋川，在蓝田南。⑬[村墟]村庄。⑭[夜舂]晚上用白杵捣谷（的声音）。舂，这里指捣米，即把谷物放在石臼里捣去外壳。⑮[曩]从前。⑯[仄径]狭窄的小路。

当待①春中，草木蔓发，春山可望，轻鲦（tiáo）②出水，白鸥矫翼③，露湿青皋④，麦陇朝雊（gòu）⑤：斯之不远，傥能从我游乎？非子天机清妙⑥者，岂能以此不急之务相邀。然是中有深趣矣！无忽⑦。

【注释】①[当待]等到。②[轻鲦]一种鱼，身体狭长，游动轻捷。③[矫翼]张开翅膀。矫，举。④[青皋]青草地。皋，水边高地。⑤[雊]野鸡鸣叫。⑥[天机清妙]性情高远。天机，天性。清妙，指超尘拔俗，与众不同。⑦[无忽]不可疏忽错过。

因驮黄檗（bò）①人往，不一②。山中人③王维白。

【注释】①[黄蘖]一种植物,可入药。②[不一]古人书信结尾常用语,不一一详述的意思。③[山中人]王维晚年信佛,过着半隐居的生活,故以"山中人"自称。

译文

时值腊月下旬,天气温和舒畅,旧居蓝田山还值得一游。阁下正专心温习经书,我不敢打扰,就一个人独自去山中了,在山下的感配寺休息,跟寺中的主持一起吃了饭便离开了。我向北渡过深青色的灞水,此时明月朗朗映照着城郭。我乘着夜色登上华子冈,看见远处的辋水泛着涟漪,水波荡漾,月亮在水中的倒影也随之上下起伏。寒风中的远山显得非常高大,山林中透出点点灯火,忽明忽暗。深巷中传来阵阵狗吠,听上去像豹子的叫声。村子中传来舂米的声音,又与远处稀疏的钟声相交错。此时我独坐在那里,跟来的僮仆已入睡。我想起以前咱俩相携在山中赋诗、在狭窄的小路上散步、在清澈的溪流边流连的情景。

等到了春天,山中草木勃发,蔓延生长,蓝田山景色更值得观赏。鲦鱼轻快地跃出水面,白鸥展翅飞翔,晶莹的露珠打湿了青青的草地,麦田

里雉鸟在清晨发出清脆的鸣叫：这些景色离我们已经不远了，到时候你能和我同游共赏这些美景吗？要不是你有清逸高妙的秉性，我又怎敢以这些不着急的事务向你发出邀约？然而这些闲事中大有意趣，千万不要忽视！

正好碰上山中有人要运送黄檗出山，我就托他把这封信带给你，其他的事不一一叙述。山中人王维敬上。

欣赏文言之美

如果你想邀请朋友一起玩耍，会怎么说呢？直接说"一起去玩吧"，朋友不一定会动心吧？在这方面，古人很厉害。还记得汪伦用"十里桃花""万家酒店"邀李白去家中做客的故事吧？王维在邀请朋友方面也丝毫不逊色。

朗朗的明月下泛着涟漪的小溪，远处深山中忽明忽暗的灯火，深巷中的犬吠、院子中的舂米声、远处的钟声，组成了一幅有声有色的山中冬景图。能不令人心动吗？更诱人的还在后头呢！春天来了，鲦鱼欢快地跳出水面，白鸥展开矫健的翅膀，野鸡清脆的叫声在田野中回荡，晶莹的露珠在嫩绿的草叶上跳动。这样的美景，怎么能令人不动心？

美景近在眼前，有趣的灵魂真诚相邀，这样的邀请函，恐怕古往今来，天下只此一份吧。

阅读提示

王维于开元二十年前后曾在辋川隐居，在隐居生活中他经常和野老共话桑麻，同朋友饮酒赋诗，与山僧谈经论道，在这些人中，裴迪是他最好的朋友。

《山中与裴秀才迪书》是一篇书信，也是一篇优美的写景散文，充满了诗歌的美感与韵律，可以说是一首无韵的诗歌。全文描绘了辋川的冬景与春色，静中有动，动中有静，写出了冬夜的清幽和春日的生机。

李白：诗仙入凡间

李白（701—762），字太白，号青莲居士，又号"谪仙人"，唐代伟大的浪漫主义诗人，被后人誉为"诗仙"，与杜甫并称为"李杜"，为了与李商隐和杜牧的"小李杜"区别，杜甫与李白又合称"大李杜"。

李白祖籍陇西成纪（甘肃天水），家世、家族不详。关于其出生地有多种说法，一说出生在剑南道绵州（巴西郡）昌隆（后避玄宗讳改为昌明）青莲乡。除了有过人的文学天赋，李白还很喜欢剑术，喜任侠，他二十五岁时离开家乡，"仗剑去国，辞亲远游"。离开家乡的李白游历各地，遍览大好河山。二十七岁时，他到达安陆（位于今湖北境内），被前宰相许公招赘为婿，与许公的孙女结婚。

由于家庭的缘故，李白不能参加科举考试入仕，只能通过向高官、权贵献赋的方式谋求官职。李白曾数次到京城拜谒权贵，以期得到举荐，但都无功而返。天宝二年（743），四十三岁的李白终于在贺知章和玉真公主的引荐下入宫面见玄宗，得到赏识，从而供奉翰林。李白的主要工作就是陪侍皇帝左右，给皇上写诗文娱乐。可是好景不长，恃才傲物、生性散漫的李白被赐金放还，离开长安。

安史之乱爆发后，洛阳和长安相继陷落，玄宗仓皇逃往蜀地。一个月后，太子李亨在灵武自行登基，遥尊玄宗为太上皇。至德元年（756），受命玄宗坐镇江陵的永王李璘擅自带兵东巡，沿途笼络大员和名士，正在庐山游玩的李白欣然投靠永王。后来唐肃宗李亨派兵剿灭永王，李白被发配夜郎。第二年，李白遇朝廷大赦恢复自由。

上元三年（762），李白去世。关于他的死亡，有三种说法，一种是醉死，一种是病死，还有一种是溺水而死。

春夜宴诸从弟桃李园序

[唐]李白

小档案

出　　处：《李太白全集》。
人　　物：李白及诸堂弟。"从弟"即"堂弟"。
坐　　标：桃李园，疑在安陆兆山桃花岩。

　　夫天地者，万物之逆旅①；光阴者，百代之过客②。而浮生若梦，为欢几何？古人秉③烛夜游，良有以④也。况阳春⑤召我以烟景⑥，大块⑦假⑧我以文章⑨。会桃李之芳园，序⑩天伦之乐事。群季⑪俊秀，皆为惠连⑫；吾人咏歌，独惭康乐⑬。幽赏未已，高谈转清。开琼筵（yán）⑭以坐花⑮，飞羽觞（shāng）⑯而醉月⑰。不有佳作，何伸雅怀？如诗不成，罚依金谷酒数⑱。

【注释】①[逆旅]客舍。逆，迎接。旅，客。②[过客]过往的客人。③[秉]执。④[有以]有原因。以，因由，道理。这里是说人生有限，应夜以继日地游乐。⑤[阳春]和煦的春光。⑥[烟景]春天气候温润，景色似含烟雾。⑦[大块]大地，大自然。⑧[假]借，这里是提供、赐予的意思。⑨[文章]比喻绚丽的文采。文章古意为锦绣，古代用青、赤两色线绣为"文"，用赤、白两色线绣为"章"。⑩[序]通"叙"，叙说。⑪[群季]诸弟。季，年少者的称呼。古以伯（孟）、仲、叔、季排行，季指同辈排行中最小的。这里泛指弟弟。⑫[惠连]谢惠连，南朝诗人。这里以惠连来称赞诸弟的文采。⑬[康乐]南朝刘宋时山水诗人谢灵运，袭封康乐公，世称谢康乐。⑭[琼筵]华美的宴席。⑮[坐花]坐在花丛中。⑯[羽觞]古代一种酒器，作鸟雀状，有头尾羽翼。⑰[醉月]醉倒在月光下。⑱[金谷酒数]指赋诗不成者

盛世华章，文以载道：隋唐古文

读懂 小古文 爱上 大语文

罚酒三杯。晋石崇与众文人墨客在其别墅金谷园开宴赋诗,作《金谷诗序》,其中有"遂各赋诗以叙中怀,或不能者,罚酒三斗"。

译文

天地是世间万物短暂居留的旅店,时间是古往今来的过客。人的一生就像一场梦,又能得到多少欢乐呢?看来古人夜里执灯烛游玩,实在是有道理啊。何况春天以秀美的景色召唤我们,大自然又给我们展现了锦绣风光。在这桃李盛开的园中聚会,畅叙兄弟间快乐的往事。弟弟们英俊潇洒,才情满溢,堪与谢惠连比肩,而我吟诗作赋,却惭愧没有谢灵运的才华。清雅的赏玩一直没有停止,高谈阔论又转向清言雅语。我们一边赏花一边开怀畅饮,快速地传递着酒杯醉倒在月光下。没有好诗怎能抒发高雅的情怀?让我们学习当年石崇在金谷园宴客赋诗的先例,如果有人作不出诗来,那就罚酒三杯吧!

欣赏文言之美

从"小时不识月,呼作白玉盘"、"床前明月光,疑是地上霜"到"举杯邀明月,对影成三人","唯愿当歌对酒时,月光长照金樽里",李白的诗文与"酒"和"月"有着不可分割的关系。这篇文同样也是如此,春天的夜里和众兄弟一起在月下饮酒,对豪放的"诗仙"李白来说,还有什么比这更高兴的事呢?对于"斗酒诗百篇"的李白来说,怎么能不因此而文思泉涌呢?

本文虽然只有一百余字,但是却字字珠玑,饱含激情,把作者的气魄和才华展现得淋漓尽致。在文中,作者发出了天地广大、光阴易逝、人生短暂、欢乐甚少的感慨,而且还以古人"秉烛夜游"加以佐证,表达了作者热爱生活、热爱自然的畅快心情,也彰显了作者俯仰古今的广阔胸襟。文中不管是记时、记地、记人、记事,都充满了进取精神和生活激情,诗人的这种精神和激情,和亲情相结合,使得文章感情真挚而亲切,充实而欢畅,神采飞扬而又充满生活气息,展现了他超凡脱俗的诗仙气质。

谪仙李白

　　谪仙,本来是指被贬入凡间的神仙。李白的这个称号来自贺知章。一天,李白拿出了《蜀道难》,请贺知章指导,贺知章一边念一边不住地点头称赞,等到念完全篇,他激动地竖起大拇指,夸赞说:"这诗气魄雄伟,惊天动地。"然后李白又吟诵了自己所作的《乌栖曲》给贺知章听,贺知章听后老泪纵横地说:"这诗太凄惨了,就连鬼神听了也会哭啊!"他仔细端详着李白,突然说道:"你莫不是天上下凡的谪仙人吧,不然怎么能写出这么感人的诗呢?"自此,李白就有了"谪仙人"这个称号。

秋于敬亭送从侄耑游庐山序

[唐] 李白

出　　处：《李太白全集》
坐　　标：敬亭即敬亭山，在今安徽宣州市西北郊。
写作背景：李白送堂侄李耑去庐山游览时作诗一首，此文是为诗写的序。

余①小时，大人令诵《子虚赋》②，私心慕之。及长，南游云梦，览七泽③之壮观。酒隐安陆，蹉跎十年④。初，嘉兴季父谪长沙西还，时予拜见，预饮林下。耑乃稚子，嬉游在旁。今来有成，郁负秀气。吾衰久矣，见尔慰心，申悲道旧，破涕为笑。

【注释】①[余]作者自称。②[《子虚赋》]汉代司马相如代表作，其中描写了云梦的壮美景象。③[七泽]传说楚国古有七个水泽。云梦属"七泽"之一。④[酒隐安陆，蹉跎十年]指李白二十五岁出蜀，游历至安陆，前宰相许公将李白招为赘婿，把孙女嫁给他。李白便在安陆生活了十年，后来妻子去世才离开。

方告我远涉，西登香炉①。长山②横蹙（cù）③，九江④却转。瀑布天落，半与银河争流，腾虹奔电，潈（cōng）⑤射万壑。此宇宙之奇诡也。其上有方湖、石井，不可得而窥焉。

【注释】①[香炉]庐山香炉峰。②[长山]指庐山。③[蹙]皱，这里指群山接连不断，似簇拥在一起。④[九江]指流经此地曲折的江流。⑤[潈]水流汇合的地方。

羡君此行，抚鹤长啸。恨丹液①未就，白龙②来迟，使秦人着鞭，先往桃花之水③。孤负④凤愿，惭归名山；终期后来，携手五岳。情以送远，诗宁阙⑤乎？

【注释】①[丹液]传说中的金丹，服用后可成仙。②[白龙]传说中仙人的坐骑。③[桃花之水]指桃花源。④[孤负]辜负。⑤[阙]通"缺"，缺少。

译文

  我小时候，大人让我诵读《子虚赋》，我对其中描述的场景向往不已。长大以后，我游览了南方的云梦泽，观赏了七个湖泽的壮观景象。后来，我在安陆隐居，整日饮酒作乐，蹉跎了十年光阴。当初，叔父从长沙被贬回到嘉兴，当时我在半道拜见他，我们一起在林中饮酒。那时你还是个孩子，在旁边玩耍。现在你已长大成人，很是秀气。我早已经衰老了！见到你很欣慰，想起一些悲伤的往事，不禁又破涕为笑。

  你告诉我你要去远游，去登西边的香炉峰。那里山脉纵横，大江回旋。瀑布从天而降，就像要与银河争流；空中彩虹腾起，雷奔电掣，照亮了所有的山谷。这真是宇宙间的伟大奇观啊！听说山上还有方湖、石井，只是我们无法看到。

  我特别羡慕你此次出游，可以和仙鹤一同长啸。遗憾的是长生不老的仙丹还未炼成，腾云驾雾的白龙也来迟了，让秦朝时的人挥鞭，先去往桃花源。我的夙愿没有实现，遗憾地回到了这敬亭山；希望以后我们能有机会携手攀登五岳，共赏山河。为抒发送你远游的情怀，怎么能不作诗一首呢？

欣赏文言之美

  "日照香炉生紫烟，遥看瀑布挂前川。飞流直下三千尺，

疑是银河落九天。"李白的这首《望庐山瀑布》，相信每个人都耳熟能详，甚至很多人因为这首诗去了庐山游览，可见李白是一个多么出色的"导游"啊！

这篇《秋于敬亭送从侄耑游庐山序》同样也是一篇很好的庐山"导游词"。作者笔下的庐山"长山横蹙，九江却转"，颇有"峰峦如聚，波涛如怒"的气势。接着，又对庐山瀑布进行了浓墨重彩的刻画：大瀑布从天而降，好像要与银河争流；彩虹在天空飞腾，雷电在争相奔驰。多么伟大的奇观！相信这一切都让年轻的李耑向往不已。何况，还有方湖、石井两处神秘的奇观，而且这两个地方很多人都没有看到过，这更是吊起了李耑的胃口：去别人没有去过的地方，做别人没有做过的事情，难道这不是年轻好胜的青年人的共同梦想吗？看到这里，你是不是也跃跃欲试、想要去看看呢？

李白一生向往自由，在这篇临别赠序中，他满怀深情地鼓励侄儿像他年轻时那样游历天下，希望侄儿能增广见闻，一往无前。

元结：文武双全，关注民生

元结（719—772），字次山，唐代政治家、军事家、文学家、诗人，河南鲁山人。元结是天宝年间进士。安史之乱时，他任山南东道节度使史翙(huì)幕参谋，招募义兵，抗击史思明叛军，保全十五城。唐代宗广德二年（764），元结赴道州任刺史时，由于几经兵荒马乱，加上"西原蛮"少数民族的侵犯，道州"人十无一，户才满千"，"城池井邑，但生荒草，登高极望，不见人烟"。元结上任后，施行仁政，"为民营舍造田，免徭役"，政绩斐然，《右溪记》就是他整治小溪、造福民众最好的佐证。

元结的诗歌有强烈的现实性，触及天宝中期日益尖锐的社会矛盾。元结的散文，不同流俗，大都反映社会现实，揭露人间伪诈，鞭挞黑暗现实。

右溪记

[唐] 元结

小·档案

出　　处：《元次山文集》。

坐　　标：右溪是唐代道州城西的一条小溪，元结任道州刺史时曾对它进行修葺，并刻石铭文，取名"右溪"。

　　道州①城西百余步，有小溪。南流数十步，合营溪②。水抵③两岸，悉皆④怪石，欹(qī)⑤嵌盘屈⑥，不可名⑦状。清流触石，洄(huí)⑧悬⑨激注。佳木异竹，垂阴⑩相荫⑪。

读懂 小古文 爱上 大语文

【注释】①[道州]唐代时属江南西道,治所在今湖南道县。②[营溪]即营水,源出今湖南宁远,最后汇入湘江,是湘江上游的较大支流。③[抵]击拍。④[悉皆]全都。悉,全。⑤[攲]倾斜。⑥[盘屈]怪石随着溪岸弯曲曲折的样子。⑦[名]形容。⑧[洄]水回旋而流。⑨[悬]激水触石溅起高高的浪花。⑩[垂阴]投下阴影。⑪[荫]遮蔽。

此溪若在山野,则宜逸民退士①之所游处;在人间②,则可为都邑③之胜境④、静者⑤之林亭。而置州⑥已来,无人赏爱,徘徊溪上,为之怅然。乃疏凿芜秽,俾(bǐ)⑦为亭宇,植松与桂,兼之香草,以裨(bì)⑧形胜。为溪在州右,遂名⑨之曰右溪。刻铭⑩石上,彰示来者⑪。

【注释】①[逸民退士]指隐士和归隐的官宦。②[人间]与前文"山野"对称,指热闹的世俗社会。与隐逸相对,也指在朝为官。③[都邑]都市城镇。④[胜境]风景优美的地方。⑤[静者]喜欢清静的人。⑥[置州]唐朝设置道州。⑦[俾]使。⑧[裨]补助,增添。⑨[名]命名。⑩[铭]铭文,指作者为右溪所作的铭文。⑪[彰示来者]告诉后来的游人。来者,后来的游者。

阅读提示

古人以东为左,西为右,小溪在城西,所以作者为其取名"右溪"。小溪石奇水清、草木葱郁,环境优美异常,但长期不为人所知,因无人赏爱而芜秽冷落。作者借此寄托自己怀才不遇、壮志难酬的愤懑,以及因坎坷遭遇而爱惜才用的情怀。

译文

道州城西一百多步开外,有一条小溪。小溪向南流几十步远,就汇入了营溪。小溪的水轻轻拍打着两岸,岸上怪石嶙峋,有的倾斜着插入岸边,有的弯曲盘旋,奇异得无法用语言形容。清澈的溪流撞到岩石上,回旋激荡;岸边遍布秀丽的树木和青竹,投下的阴影互相掩映。

这条小溪如果位于空旷的山间田野,就是很适合隐士逸人游赏居住的;如果是在人烟密集的市镇,则会成为人们游览的胜地或喜好清净的人休憩的园林。但是它位于道州城外,虽然位于州郡附近,这条小溪却很少有人光顾;我在小溪边徘徊,为没有人欣赏它而感到惋惜。于是我派人疏通了水道,清除了周围的杂草,在溪边建了凉亭,还在周围种上松树、桂树以及鲜花香草,使这里的景色更加优美。因为溪水在道州城的右边,我便给它取名"右溪"。我找人把这些文字刻在溪边的石头上,明白地告诉后人。

欣赏文言之美

一条普通的小溪,在元结的笔下竟也变得清新雅丽,引人入胜,这一切都是因为作者在写景时抓住了景物的特点。你看,小溪,是如此小,几十步就汇入了别的溪水;石头,是如此怪,"欹嵌盘屈,不可名状";溪水,是如此急,"洄悬激注";树木,是如此茂盛,"垂阴相荫"。

另外,文章感人的原因还在于文中寄托了作者深深的情感。作为道州刺史,作者竟然为一条不出名的小溪而"怅然",小溪的"无人欣赏"与自己的"怀才不遇"难道不是一样的吗?作者下大力气对小溪进行改造,"以裨形胜",反映了作者淡泊名利、爱好天然的性格。

读懂 小古文 爱上 大语文

刘悚：唐代的历史小说家

刘悚（sù），字鼎卿，徐州彭城（今江苏徐州）人。刘悚出身史学世家，他的父亲是史学家刘知几。刘悚博学多才，曾经高中进士。在天宝初年，刘悚先后当过河南功曹参军、集贤院学士等官职，兼修国史。他一生为官清廉，颇受人民爱戴。刘悚一生著述颇丰，著有史书三卷，传记三卷。

《隋唐嘉话》是刘悚所著的一部历史题材的笔记小说集。书中记载了南北朝至唐代开元年间历史人物的言行事迹，其中以唐太宗和武后两朝居多。《新唐书》《旧唐书》《资治通鉴》里的某些史实，即取材于此书。书中也记录了一些有关文学艺术的材料，对于后世研究文学艺术史很有价值。

炀帝嫉薛道衡

[唐] 刘悚

出　　处：《隋唐嘉话》。

人　　物：薛道衡，隋朝大臣、诗人，东魏仪同三司薛孝通之子。与卢思道、李德林齐名，在隋朝诗人中艺术成就很高。

炀帝①善属文②，而不欲人出其右③。司吏薛道衡由是得罪。后因事④诛之，曰："更能作'空梁落燕泥'⑤否？"

【注释】①[炀帝]隋炀帝杨广，隋朝的第二个皇帝，由于频繁发动战争，滥用民力、穷奢极欲，引发全国范围农民起义，天下大乱，最终导致隋朝崩溃覆亡。②[属文]写文章。③[出其右]古人尚右,以右为尊,"出其右"承前意是指在文章写作上超过隋炀帝。④[事]一说指薛道衡称赞一代名臣高颎一事。高颎因议论炀帝奢侈太过被杀害。⑤['空梁落燕泥']是薛道衡《昔昔盐》诗中的一句,甚为时人称赏,一时传颂。

盛世华章,文以载道:隋唐古文

译文

隋炀帝很擅长写文章,他不喜欢有人在这方面比他强。当时的司吏大夫薛道衡因为文章写得比他更好,因此得罪了他。后来隋炀帝就找借口诛杀了薛道衡,并且说:"(你以后)还能写出'空梁落燕泥'这样的诗句吗?"

欣赏文言之美

嫉妒能杀人绝不是一句空话,隋炀帝杀死薛道衡,与嫉妒他的才华不无关系。

文章寥寥几笔,就将隋炀帝的专横跋扈、不可一世表现得淋漓尽致。他不仅在政治上实行专制,连写文章也不允许有人超过自己,这样的皇帝还真的是少见。隋炀帝见薛道衡的文采超过了自己,就找借口杀死他,还嫉恨地说:"看你还能写出超过我的文章吗?"隋炀帝的专制、残忍由此跃然纸上。

读懂小古文 爱上大语文

宇文士及割肉

[唐]刘𫗧

小档案

出　　处：《隋唐嘉话》。

人　　物：宇文士及，初为隋炀帝驸马，后归唐朝，为唐太宗近臣，为人机警善变，官至中书令，封郢国公。

太宗①使宇文士及割肉，以饼拭手，帝屡目②焉，士及佯为不悟，更徐拭而便啖之。

【注释】①[太宗]指唐太宗李世民。②[目]眼睛，这里用作动词，意思是用眼色表示自己的不满。

译文

唐太宗让宇文士及切肉，宇文士及一边切着，一边用面饼来揩拭手上的油。太宗（认为他用饼擦手太浪费）几次用不满的眼神看他。宇文士及假装不明白太宗的意思，仍慢慢地擦手，擦完便从容地把擦手用的面饼吃了。

欣赏文言之美

看过哑剧的同学都知道，看哑剧的时候不用"带耳朵"，演员的动作和表情就能引来哄堂大笑。这篇文章就是一出精妙的哑剧小品。你看，故事全文不过三十个字，没有一句台词，就只有切肉、擦手、吃饼几个动作和"目"这个表情，却活灵活现地再现了太宗盛怒欲发作、宇文士及从容不迫应对的场景。

宇文士及"以饼拭手"，太宗虽未说什么，但既"屡目焉"，可见已经是非常不满。皇帝虽然待人宽和，但是也不能轻易"捋虎须"，毕竟"伴君如伴虎"，惹恼了皇帝可不是件好玩儿的事，严重的话是会被杀头的。宇文士及灵机一动，"佯为不悟"，仍旧在那儿慢条斯理地拭手。可以想见，太宗此刻一定是怒气冲冲，几乎就要爆发了，可宇文士及的下一个动作却让人大跌眼镜——他将擦手的面饼吃掉了。故事在这里戛然而止，这个出乎意料的结果，是一个绝佳的包袱，让太宗吃惊之余哑然失笑。

太宗查佞

唐太宗在宫中散步，见一棵树长势喜人、姿态优美，就指着这棵树说："这真是一棵好树！"跟随太宗的宇文士及见状忙对这棵树大加赞美。太宗正色道："魏征常常劝我远离那些巧言善辩的人，我一直不知道这些小人是谁，现在我知道了。"宇文士及急忙请罪，说："宰相们经常冒犯威严直言劝谏，弄得陛下您非常不痛快。现在我有幸在您身边，如果再不顺从一点，您虽贵为天子，又有什么乐趣呢？"太宗这才转怒为喜。

韩愈：拯救八代文风

韩愈（768—824），字退之，河南河阳（今河南孟县南）人，唐代著名文学家、思想家、哲学家。因其祖籍昌黎郡（今河北昌黎），所以世人称他为"韩昌黎""昌黎先生"。

名字的来历

关于韩愈的名字，有一个有趣的小故事。韩愈从小就希望自己能够出人头地，所以给自己取名"愈"，意思是能够超前人。但是这个愿望实现起来却并不是那么顺利，他一连参加了四次考试，结果都不如意。后来，在朋友的介绍下，他娶了河南府法曹参军的千金卢小姐。卢小姐是个很有才华的女子，她很了解韩愈，因此劝他说，她相信他不是一个甘于平庸的人，将来一定会大有作为。眼下的失败是人之常情，但是更重要的是要找到失败的原因，她写下"人求言实，火求心虚，欲成大器，必先退之"作为赠言，规劝韩愈。韩愈看后反思了自己的不足，决心以后谦虚做人，并选用其中的"退之"作为自己的字，时刻对自己进行勉励。

苦读为官

韩愈的祖上世代为官。韩愈出生的时候，他的父亲韩仲卿担任秘书郎。不幸的是，韩愈出生不久父亲就去世了，韩愈由其兄长韩会抚养成人。在韩愈九岁的时候，韩会也去世了，无奈之下，韩愈只好跟着寡嫂郑氏避居江南宣州。苦难的童年给了韩愈发愤苦读的动力，这为他二十五岁进士及第以及之后取得的文学成就奠定了坚实的基础。

考中进士的第二年，为了得到一个官职，韩愈参加了博学宏辞科考试，博学多才的韩愈本来是充满了希望的，但是被预录的他却在中书省复核时被取消了录取资格，这对韩愈来说是不小的打击，他认为失败的原因是自己的文章风格与当时社会流行的文风不一致。此后，他又参加过几次考试，都失败了，后来经人推荐担任了宣武节度使观察推官，这实际上是一个有职位没官阶的幕僚职务。但这对韩愈来说也是一个机会，不用处理繁重的日常事务，他将更多的精力用在了文学上，他利用一切机会极力宣传自己对散文革新的主张。

"唐宋八大家"之首

韩愈是古文运动的倡导者，他极力推崇先秦两汉的散文传统，对只重声律对仗而忽视内容的骈体文大加鞭挞。他的文章气势恢宏，逻辑性很强，说理非常透彻，他被尊为"唐宋八大家"之首。杜牧认为韩愈的文章和杜甫的诗歌一样伟大，于是将它们称为"杜诗韩笔"。苏轼称赞他"文起八代之衰"，"八代"指的是东汉、魏、晋、宋、齐、梁、陈、隋，这几个朝代正是骈文由兴起到鼎盛的时代。苏轼在《潮州韩文公庙碑》中写道："文起八代之衰，而道济天下之溺；忠犯人主之怒，而勇夺三军之帅。"意思是：八代以来文风开始衰败，但是韩愈的文章使沉迷的文风得到了振兴；他宣扬儒道，这也是对世人的救赎；他太过于忠诚，哪怕得罪皇帝也要直言上谏；他的勇气令三军的主帅都佩服不已。韩愈与柳宗元并称"韩柳"，与柳宗元、欧阳修和苏轼并称"千古文章四大家"。

韩愈文章最大的一个特点就是敢说真话，敢于针砭时弊。封建时代很重视"避讳"，为避君主或尊长的名字，给人们的生活带来很多不便，甚至还有人因为"避讳不当"耽误了前程。比如，李贺的父亲名叫李晋肃，因为"晋"与"进"同音，所以李贺为了避讳便不得考进士。韩愈认为这是对人才的一种摧残，于是毅然写下《讳辩》对此进行批判。

屡次遭贬

韩愈为人直率，这一点在当时的官场是不受欢迎的，所以他一生中多次遭贬。贞元十九年（803），韩愈晋升为监察御史。当时关中地区大旱，

关心人民疾苦的韩愈到当地进行实地查访,发现人民流离失所,四处饿殍遍地。但是当时负责该项工作的京兆尹李实为了自己的前途却隐瞒灾情。痛心不已的韩愈愤然写下《论天旱人饥状》,因此而得罪了李实等人,在他们的诽谤谗言之下,韩愈同年十二月被贬为连州阳山县令。

谏迎佛骨也让韩愈遭到了贬谪。唐宪宗非常痴迷佛教,元和十四年(819)正月,宪宗派使者前往凤翔迎佛骨,韩愈认为皇帝这种做法会在民间形成一种错误的引导,不利于统治,于是毅然写下《论佛骨表》进行讽谏。但是痴迷中的宪宗怎么能听得进不同的声音呢?看了韩愈的文章后,宪宗勃然大怒,要杀了韩愈,后来在众人的极力劝说下才打消了处死韩愈的念头,韩愈被贬为了潮州刺史。

后来,宪宗也认识到自己对韩愈的处罚不公,知道韩愈是为了国家社稷着想,于是想再找个由头把他调回来。但是为人正直的韩愈以前得罪过皇甫镈等人,他们不希望韩愈回到京城,所以在宪宗面前说了很多韩愈的坏话,堵住了韩愈回京的路子。幸运的是当时正好赶上大赦,于是韩愈便被改任为袁州(今江西宜春)刺史。

为民生计的父母官

韩愈是个心系百姓的好官,他在被贬潮州期间勤政爱民,带领百姓修筑堤坝、疏通水道,使泽国变成了良田。

潮州水涝严重,一下大雨就洪水泛滥,百姓家园被毁。韩愈仔细观察周围地形,决定根据地势修筑一道堤坝,来防治水患。有一次下大雨,韩愈冒险骑马去城外巡视,他一边查看水势和地形,一边吩咐手下将他路过的地方插上竹竿,作为堤线的标志,等大雨过后发动百姓按照竹竿的标示筑堤。堤坝筑成后,挡住了从山上冲下来的洪水,百姓的家园和稻田保住了,人们传颂韩愈治水的功绩,纷纷传说"韩文公过马牵山"。

潮州的一条江中有许多鳄鱼,鳄鱼不仅吃百姓的牲畜,还经常吃人,

盛世华章，文以载道：隋唐古文

成为当地一害。韩愈决心为百姓除害。他亲自去江边设坛祭鳄，将猪、羊等祭品摆好后，他大声宣读祭文，限定鳄鱼七天之内离开，否则杀无赦。自此之后，江中的鳄鱼果然消失了。人们都说是韩愈的话感动了鳄鱼，于是把这条江称为"韩江"，江对面的山也被称为"韩山"。其实，促使鳄鱼离开的并不是韩愈的祭文，而是因为韩愈带领百姓积极治水，修筑堤坝、疏通水道，水的流向和水位发生了变化，鳄鱼失去了适宜的生存环境，自然就离开了。

从祀孔庙

长庆二年（822）九月，韩愈转任吏部侍郎，被大家称为"韩吏部"。次年六月，升任京兆尹兼御史大夫。韩愈主管京城治安，神策军将们都怕他三分，私下里互相说："他连佛骨都敢烧，我们怎么敢犯法！"

长庆四年（824）十二月二日，韩愈在长安靖安里的家中逝世，终年五十七岁。获赠礼部尚书，谥号文。元丰元年（1078），宋神宗追封韩愈为昌黎伯，并准其从祀孔庙。

读懂 小古文 爱上 大语文

马说

[唐]韩愈

小·档案

出　　处：《昌黎先生集》。
名　　句：世有伯乐，然后有千里马。

　　世有伯乐①，然后有千里马。千里马常有，而伯乐不常有。故虽有名马，祗（zhǐ）②辱于奴隶人③之手，骈（pián）④死于槽枥（lì）⑤之间，不以千里称也。

【注释】①[伯乐]本名孙阳，字伯乐，春秋时秦国人，擅长相马。②[祗]只能，只是。③[奴隶人]奴仆。④[骈死]（和普通马）一同死去。骈，本义为两马并驾齐驱，引申为并列、一起之意。⑤[槽枥]马槽。

　　马之千里者，一食①或②尽粟一石③。食（sì）④马者不知其能千里而食也。是马也，虽有千里之能，食不饱，力不足，才美不外见（xiàn）⑤，且⑥欲与常马等不可得，安求其能千里也？

【注释】①[一食]吃一次。②[或]有时。③[石]古代的容量单位，十斗为一石。④[食]同"饲"，喂养。下文"而食""食之"中的"食"读音和意思与此相同。

⑤〔外见〕表现在外面。见,同"现"。⑥〔且〕犹,尚且。

策①之不以其道,食之不能尽其材②,鸣之而不能通其意,执策而临③之,曰:"天下无马!"呜呼!其④真无马邪?其真不知马也!

【注释】①〔策〕马鞭,这里作动词,用马鞭驱赶。②〔材〕才能,才干。③〔临〕面对。④〔其〕表示加强诘问语气。

译文

世上先有伯乐,然后才有千里马。千里马经常可以见到,但是世上的伯乐却很少。所以即使有名贵的马,也只能在仆役手中忍受屈辱,与普通马一样,一同累死在马槽前,不能得到千里马的称号。

一天能跑上千里路的马,一顿饭有时能吃完一石粮食。喂马的人不知道它是千里马的食量,还是跟普通马一样喂养它。这匹马虽有日行千里的能力,但是吃不饱,力气不足,才能就没有机会表现出来。如此一来,这匹马尚且连普通的马也比不上,怎能要求它日行千里呢?

如果不按照驱使千里马的正确方法去鞭策它,随便喂养它而不能使它竭尽自己的才能,听它嘶鸣却不能通晓它的意思,一边拿着鞭子面对它,一边感叹:"天下没有千里马!"唉!世间难道真的没有千里马吗?恐怕是人们不认识千里马罢了!

欣赏文言之美

古人找工作的时候一般会给当时朝廷里比较有地位的人写一首诗或者一封信,希望他们能够引荐自己,比如唐朝著名诗人孟浩然作《望洞庭湖赠张丞相》,就是希望当时的丞相张九龄能够推荐自己到朝中做官。现代人也是一样,在入学、找工作的时候通常也会通过做简历、写自荐信来展

示自己的才能。其实，不论是古人还是现代人，都希望能遇到一个能够发现自己的伯乐，给自己提供一个展示才能的舞台。

韩愈的《马说》就是一篇呼唤伯乐的文章。"说"，在这里指一种文体，借助寓言故事或状物文章来说明一个道理。这篇文章借助"马"的故事来表达作者对伯乐的渴望，同时也表达了有才能却没有用武之地的人对当时社会制度的不满和控诉。

这篇文章逻辑严密、丝丝入扣。全文流畅通达，一气呵成，没有一句空话、废话，读来也丝毫不觉枯燥。文章还运用了大量的语气助词、感叹词和连接词，有一唱三叹的表达效果。

伯乐相马

"伯乐"这个词最初来源于神话传说，传说天上管理马匹的神仙叫伯乐，而因为天上的马都是了不起的"神马"，所以在人间如果有人能把"好马"从马群中挑选出来，也称得上是"伯乐"。

第一个被称作伯乐的人本名孙阳，他是春秋时代的人。一次，楚王让伯乐帮他寻找能够日行千里的名马。伯乐看到一匹拉着盐车吃力爬坡的老马，花重金把它从驾车人那里买下。

伯乐牵着马来到王宫。楚王看到伯乐带回来一匹这么瘦弱的老马，觉得他是在愚弄自己，非常生气。可是不到一个月，这匹马因为喂养得好而变得俊俏无比、身强力壮。楚王跨马扬鞭，顿觉两耳生风，眨眼的工夫已到了百里之外。他这才意识到这真是一匹千里马。后来这匹马帮着楚王在战场上立下了赫赫战功。

师说

[唐]韩愈

小·档案

出　　处：《昌黎先生集》。
名　　句：师者，所以传道受业解惑也。

　　古之学者①必有师。师者，所以传道受②业解惑也。人非生而知之者，孰能无惑？惑而不从师，其为惑也③，终不解矣。生乎吾前，其闻④道也固先乎吾，吾从而师⑤之；生乎吾后，其闻道也亦先乎吾，吾从而师之。吾师⑥道也，夫庸知其年之先后生于吾乎⑦？是故无贵无贱，无长无少，道之所存，师之所存也⑧。

【注释】①[学者]求学的人。②[受]同"授"，传授。③[其为惑也]那些成为疑难的问题。④[闻]知道，懂得。⑤[师]作动词，以他为老师。⑥[师]学习。⑦[夫庸知其年之先后生于吾乎]哪管他是生在我之前还是生在我之后呢？庸，表示反问语气。⑧[道之所存，师之所存也]道存在的地方，就是老师在的地方。意思是谁懂得道，谁就是自己的老师。

　　嗟乎！师道①之不传也久矣！欲人之无惑也难矣！古之圣人，其出人②也远矣，犹且③从师而问焉；今之众人，其下圣人也亦远矣，而耻学于师。是故圣益圣，愚益愚④。圣人之所以为圣，

愚人之所以为愚，其皆出于此乎？

【注释】①[师道]尊师学习的风尚。②[出人]超出一般人。③[犹且]尚且，还。④[圣益圣，愚益愚]圣人更加圣明，愚人更加愚昧。益，更加、越发。

爱其子，择师而教之；于其身①也，则耻师②焉，惑③矣。彼童子之师，授之书而习其句读（dòu）④者，非吾所谓传其道解其惑者也。句读之不知，惑之不解，或师焉，或不（fǒu）焉⑤，小学而大遗⑥，吾未见其明也。

【注释】①[身]自己。②[耻师]以从师学习为耻。③[惑]糊涂。④[句读]指断句的知识。一句话后面的停顿为句，一句话中间短暂的停顿为读。古书没有标点，所以要学习句读。⑤[或师焉，或不焉]有的向老师学习，有的不向老师学习。前一个"或"指代"句读之不知"，后一个"或"指代"惑之不解"。不，同"否"。⑥[遗]丢弃，放弃。

巫医①乐师②百工③之人，不耻④相师。士大夫之族⑤，曰师曰弟子云者⑥，则群聚而笑之。问之，则曰："彼与彼年相若⑦也，道相似也，位卑则足羞，官盛则近谀。"呜呼！师道之不复，可知矣。巫医乐师百工之人，君子不齿⑧，今其智乃⑨反不能及，其可怪也欤！

【注释】①[巫医]古代巫和医不分，故并举。巫主要以祝祷、占卜等为业，也为人治病。②[乐师]以演奏音乐为职业的人。③[百工]泛指各种工匠。④[耻]以……为耻。⑤[族]类。

⑥[曰师曰弟子云者]说谁是谁的老师、谁是谁的学生之类的话。云者，如此之类。⑦[年相若]年龄差不多。⑧[不齿]不与同列，意思是看不起。齿，并列、排列。⑨[乃]竟。

圣人无常师①。孔子师郯（tán）子②、苌（cháng）弘③、师襄④、老聃（dān）⑤。郯子之徒⑥，其贤不及孔子。孔子曰："三人行，则必有我师。"是故弟子不必不如师，师不必贤于弟子。闻道有先后，术业⑦有专攻⑧，如是而已。

【注释】①[常师]固定的老师。②[郯子]春秋时郯国（今山东郯城一带）的国君，孔子曾向他请教官职的名称。③[苌弘]周敬王时的大夫，孔子曾向他请教过音乐方面的事情。④[师襄]春秋时鲁国的乐官，孔子曾跟他学过琴。⑤[老聃]即老子，孔子曾向他问过礼。⑥[徒]同类的人。⑦[术业]学术技艺。⑧[专攻]专门学习或研究。攻，学习、研究。

李氏子蟠①，年十七，好古文②，六艺经传（zhuàn）③皆通④习之，不拘于时，学于余。余嘉⑤其能行古道⑥，作《师说》以贻（yí）⑦之。

【注释】①[李氏子蟠]李家的孩子名叫蟠。李蟠，韩愈的弟子，贞元十九年（803）进士。②[古文]指先秦两汉时期的散文，与骈文相对。③[六艺经传]六经的经文和传文。六艺，指《诗》《书》《礼》《乐》《易》《春秋》六种经书，《乐》久已失传。传，古代解释经书的著作。④[通]全面。⑤[嘉]赞许。⑥[古道]指古人从师之道。⑦[贻]赠送。

译文

古代求学的人必定有老师。老师，就是给人传授道理、讲解知识、解答疑惑的人。没有人一生下来就是懂得道理的，谁敢说自己没有疑惑呢？有了疑惑，不向老师学习，疑问就不能解开。在我之前出生的人，懂得道理本来就比我早，我应该向他学习；在我之后出生的人，懂得道理也可能

比我早,我也应该向他学习。我学习的是知识和道理,哪里管他的年龄比我大还是比我小呢?所以,从求师问道上来说,没有高低贵贱之分,也没有年龄大小之分,谁懂得的道理比我多,谁就可以做我的老师。

　　唉!从师学习的良好风气已经失传很久了,所以现在人们想要没有疑惑是很难的。古代的圣人,虽然他们在德行和学识方面要远高于普通人,但是他们依然拜师学习;现在的一般人,与古代的圣人明明有很大差距,却耻于拜师。因此,圣人更加圣明,愚人更加愚蠢。圣人之所以成为圣人,愚人之所以成为愚人,大概就是因为他们对待学习的态度不同吧。

　　爱自己的孩子,选择好老师来教导他。但是自己有了疑惑,却不愿意向别人请教,这是多么糊涂的行为!那些教孩子读书、断句、识字的教书先生,并不是我所说的传授道理、解答疑惑的老师。不懂句子如何停顿去请教老师,心中有道理方面的疑惑却不愿意问老师,小的方面学到了,大的方面却放弃了,这样的行为在我看来很不明智。

　　巫医、乐师、工匠这些人,不以互相学习为耻。反而是士大夫这一类人,听到有人称"老师"或"弟子",就聚在一起嘲笑别人。若问他们嘲笑别人的原因,他们会回答:"他和他年龄差不多,懂得的道理也差不多,以地位低的人为老师,会感到羞耻;以官职高的人为师,则又近于谄媚。"

唉！良好的求师风气难以恢复，从这里就可以看出来了。巫医、乐师、工匠，君子们看不起这些人，但君子们的智慧反而比不上这些人，这真是奇怪啊！

圣人没有固定的老师，孔子就曾经向郯子、苌弘、师襄、老聃等人求教。郯子这些人，他们的才德都比不上孔子。孔子说："几个人走在一起，其中一定有可以当我老师的人。"因此，学生不一定（永远）不如老师，老师不一定（样样都）比学生强，（老师与学生的区别只是）明白道理有早有晚，学问技艺各有所长，如此而已。

李家的孩子李蟠，今年十七岁，喜欢古文，六经的经文和传文都已经学完了，他不受社会流俗的影响，主动向我请教。我非常欣赏他这种发扬古代优良传统的做法，写下这篇《师说》赠送给他。

欣赏文言之美

韩愈所处的时代，一些有声望的读书人不好意思去向别人请教，也不愿意主动向别人学习。韩愈作为国家教育部门的官员，对此深感忧虑，于是借助回答一个后生疑问的机会批判了这种不尊师重道的现象。

韩愈用对比的方式，呈现了跟从老师学习和不跟从老师学习带来的两种结果，让人一看就明白后者只会让圣人更加圣明，愚人更加愚昧。从师求学的好处一目了然。紧接着，韩愈再次使用对比，将人们为孩子择良师而自己却耻于从师相比较，揭示了人们的双重标准。最后，作者用"士大夫之族"与"巫医、乐师、百工之人"对比，批判士大夫"位卑则足羞，官盛则近谀"这种错误想法，指出这是"师道不复"的真正原因。作者用三组对比，将当时社会不重师、不尊师的怪相揭露得淋漓尽致。

一字成就友情

贾岛是唐朝著名诗人，也是一个炼字入魔的诗人。

一天，贾岛骑着驴子赶路，走着走着就想到了自己作的诗："鸟宿池边树，僧推月下门。"到底是用"推"好，还是用"敲"好，贾岛一时拿不定主意。他一边吟诵，一边用手做着"推门"和"敲门"的动作。

贾岛想得入了迷，不知不觉间冲入了当时出巡的京兆尹韩愈的车队中。贾岛被带到韩愈面前，以为肯定会面临一顿责罚。可没想到韩愈得知原委后，不仅没有责怪他，反而沉吟片刻，对他说："用'敲'字好，在万籁俱寂的夜晚，敲门声更能衬托出夜的静。"

然后两人分别上了自己的坐骑，边前行边探讨作诗，此后成了好朋友。

送董邵南游河北序

[唐] 韩愈

小·档案

出　处：《昌黎先生集》。

人　物：董邵南，寿州安丰人，韩愈的友人。

　　燕、赵①古称多感慨悲歌之士②。董生举进士，连不得志于有司③，怀抱利器④，郁郁适⑤兹土。吾知其必有合⑥也。董生勉乎哉！

【注释】①[燕、赵]战国时两个诸侯国，即唐代的河北三镇一带。②[慷慨悲歌之士]用悲壮的歌声抒发内心悲愤的人，多指有抱负而不得施展的人。③[有司]礼部主管考试的官。④[利器]锐利的武器，这里比喻杰出的才能。⑤[适]到……去。⑥[有合]指受到赏识和重用。

　　夫以子之不遇时，苟慕义强（qiǎng）仁者①皆爱惜焉。矧（shěn）②燕、赵之士出乎其性③者哉！然吾尝闻风俗与④化移易，吾恶⑤知其今不异于古所云邪？聊以吾子之行卜⑥之也。董生勉乎哉！

【注释】①[慕义强仁者]仰慕正义、力行仁道的人。②[矧]何况。③[出乎其性]（仰慕正义）来自他们的本性。④[与]跟随。⑤[恶]怎么。⑥[卜]测验、判断。

吾因子有所感矣。为我吊望诸君①之墓，而观于其市，复有昔时屠狗者②乎？为我谢③曰："明天子在上，可以出而仕④矣！"

【注释】①[望诸君]战国时燕国名将乐毅，后因政治失意，离开燕国去了赵国，赵国封他为望诸君。望诸，古泽名，在河南东北部，又称"孟诸"。②[屠狗者]以屠狗为业者。在这里指高渐离一类不得志、埋没在草野的侠义之士。高渐离，荆轲的朋友，以屠狗为业。荆轲死后，他也曾行刺秦始皇，失败后被杀。③[谢]告诉。④[出而仕]出来做官，指为中央朝廷效力。

译文

历史上说燕、赵地区自古以来就是慷慨悲壮的义士聚集之地。董生参加进士考试，一连多次都未被录取，怀抱满腹才华，心情郁闷地去河北寻找出路。我相信他此去一定能够有所际遇（受到赏识）。董生努力吧！

像你这样还没有碰到时运的人，很容易得到那些仰慕正义、力行仁道的人的同情和爱惜，更何况是燕、赵一带的豪杰之士！但是我听说风气是会随着社会的发展而有所变化的，不知道现在这种爱才尚义的风气是不是还像古时所说的那样？你姑且去看一看，验证一下吧。董生努力吧！

你这次去河北让我有了一些感想。到那里之后请替我到乐毅的墓前凭吊一下，然后到集市上去看看还有没有像高渐离那样（有抱负却没有得到重用）的人。如果有的话，请替我告诉他们："当今的天子很圣明，请出来为朝廷效力吧！"

欣赏文言之美

人们常说"听话听音，锣鼓听声"，是说听人说话要善于聆听他的弦外之音。通过这篇《送董邵南游河北序》，我们可以明白韩愈的真正意图。

一方面，韩愈是反对藩镇割据的，所以他从心底不赞成好友董邵南去河北谋职。但董邵南接连考试失利，虽然拥有杰出的才能，却始终郁郁不得志，去往河北寻求出路也是无奈之举，韩愈不好阻拦。

韩愈在这篇序文里一方面鼓励好友，希望他能发挥自己的才干，多多努力；另一方面又担心燕赵爱才尚义的风俗是不是变了，让好友去观望一下。这句话隐含的意思是让董生慎重，到了那里要看清形势，不要因为急于施展才华而沦为反叛朝廷之人的爪牙。

文章的结尾一段，韩愈将隐含的意思表达得更加明确。他委托董生吊望诸君之墓，接下来，韩愈又让董邵南去劝谕"屠狗者"高渐离那样的义士归顺朝廷。至此，韩愈的良苦用心就再明白不过了。文章篇幅不长，却暗含深意，劝勉之情令人深思。

> **阅读提示**
>
> 唐代自安史之乱后，藩镇割据一直是一大问题，其中尤以河北三镇威胁最大。唐宪宗年间，河北三镇拥兵自重，与朝廷分庭抗礼。董邵南因科考失败打算投靠河北的藩镇。韩愈反对藩镇割据，因而写了这篇赠序为他送行，并委婉地劝他为朝廷效力。

盛世华章，文以载道：隋唐古文

祭十二郎文（节选）

[唐] 韩愈

小·档案

出　处：《昌黎先生集》。
人　物：十二郎指韩愈的侄子韩老成，因其在家族男孩中排行第十二，所以称十二郎。

　　年月日①，季父②愈闻汝丧之七日，乃能衔哀③致诚，使建中④远具时羞⑤之奠，告汝十二郎之灵：

【注释】①[年月日]应为"某年某月某日"。古人起草文章时经常不写具体的时间，誊抄的时候才补上。②[季父]父辈中排行最小的叔父。古代兄弟排行以伯、仲、叔、季为序。③[衔哀]心中含着悲哀。④[建中]人名，当为韩愈家中仆人。⑤[时羞]应时的鲜美佳肴。羞，同"馐"，美味食物。

　　呜呼！吾少孤①，及长，不省所怙(hù)②，惟兄嫂是依。中年，兄殁(mò)南方③，吾与汝俱幼，从嫂归葬河阳④。既⑤又与汝就食江南⑥，零丁孤苦，未尝一日相离也。吾上有三兄，皆不幸早世⑦。承先人⑧后者，在孙惟汝，在子惟吾，两世一身⑨，形单影只。嫂尝抚汝指吾而言曰："韩氏两世，惟此而已！"汝时尤小，当不复记忆，吾时虽能记忆，亦未知其言之悲也。

【注释】①[孤]幼年丧父。②[怙]依靠。③[中年，兄殁南方]指韩愈的兄长韩会死在韶州（今广东韶关）刺史任上，年仅四十三岁。当时韩愈十一岁，随兄在韶州。④[河阳]地名，在今河南孟州，是韩氏祖宗坟墓所在地。⑤[既]后来，不久。⑥[就食江南]到江南谋生。唐德宗建中二年，中原战乱不息，韩家有田宅在宣州（今安徽宣城），韩愈随嫂移居江南。⑦［早世］早死。世，通"逝"，去世。⑧［先人］指韩愈已死去的父亲韩仲卿。⑨［两世一身］指韩家子孙两代都只剩一个男丁。

吾年十九，始来京城①。其后四年，而归视汝。又四年，吾往河阳省坟墓，遇汝从嫂丧来葬。又二年，吾佐董丞相幕于汴州②，汝来省(xǐng)③吾，止④一岁，请归取其孥(nú)⑤。明年，丞相薨(hōng)⑥，吾去汴州，汝不果来⑦。是年，吾又佐戎徐州⑧，使取汝者始行，吾又罢去⑨，汝又不果来。吾念汝从于东⑩，东亦客⑪也，不可以久；图久远者，莫如西归⑫，将成家而致⑬汝。呜呼！孰谓汝遽(jù)⑭去吾而殁乎！吾与汝俱少年，以为虽暂相别，终当久相与处。故舍汝而旅食⑮京师，以求斗斛⑯之禄。诚⑰知其如此，虽万乘⑱之公相，吾不以一日辍⑲汝而就⑳也！

【注释】①［始来京城］指韩愈在唐德宗贞元二年（786）到京城长安参加进士考试。②［佐董丞相于汴州］在汴州辅佐董丞相。董丞相，名晋，字混成，曾任御史中丞、御史大夫，兼任汴州刺史。汴州，唐代州名，在今河南开封。当时韩愈在董晋幕府任观察推官。③［省］探望。④［止］留居。⑤［孥］妻子儿女的统称。⑥［薨］唐代二品以上官员去世都称薨。⑦［不果来］没有来成。果，成为事实，实现。⑧［佐戎徐州］贞元十五年秋，韩愈任武宁军节度使张建封的节度推官。佐戎，辅佐军务。⑨［吾又罢去］贞元十六年五月，韩愈离开徐州。⑩［从于东］"从吾于东"的省略。东，指汴州、徐州，在韩愈的家乡河阳之东。⑪［客］旅居异

地他乡。⑫[西归]指回到家乡河阳。⑬[致]使……来。⑭[遽]突然。⑮[旅食]在外地谋生。⑯[斗斛]比喻微薄。⑰[诚]如果,果真。⑱[万乘]万辆兵车,极言其富贵。⑲[辍]停止,这里指离开。⑳[就]就职,上任。

> **阅读提示**
>
> 《祭十二郎文》写于贞元十九年。韩愈自幼由兄嫂抚养长大,与侄子十二郎朝夕相处,亲如手足。韩愈当官后,由于政事所累二人聚少离多,骤闻十二郎去世,韩愈悲痛万分,写下这篇祭文。

去年孟东野①往,吾书与汝曰:"吾年未四十,而视②茫茫③,而发苍苍,而齿牙动摇。念诸父④与诸兄,皆康强而早世,如吾之衰者,其⑤能久存乎?吾不可去,汝不肯来,恐旦暮死,而汝抱⑥无涯之戚⑦也。"孰谓少者殁⑧而长者存,强者夭⑨而病者全乎?

【注释】①[孟东野]孟郊,字东野,韩愈的朋友。贞元十八年,孟郊由长安赴任溧(lì)阳尉,溧阳离宣城不远,韩愈托他捎信给十二郎。②[视]动词用作名词,指视力。③[茫茫]模糊不清。④[诸父]指叔伯们。⑤[其]岂,难道,表反问语气。⑥[抱]怀藏,心存。⑦[戚]忧伤。⑧[殁]死。⑨[夭]早死。

呜呼!其信然①邪?其梦邪?其传之者非其真邪?信②也,吾兄之盛德而夭其嗣(sì)③乎?汝之纯明④而不克⑤蒙其泽乎?少者强者夭殁,长者衰者而存全乎?未可以为信也!梦也,传之非其真也？东野之书⑥，耿兰之报⑦，何为而在吾侧也？呜呼！其信然矣！吾兄之盛德而夭其嗣矣，汝之纯明宜业其家者，不克蒙其泽矣。所谓天者诚难测，而神者诚难明矣。所谓理者不可推，而寿者不可知矣。

【注释】①［信然］真这样。②［信］真实的。③［嗣］继承人，后代。④［纯明］纯洁聪明。⑤［克］能。⑥［东野之书］孟郊在溧阳得知十二郎死后，写信告诉韩愈。⑦［耿兰之报］耿兰应该是韩家在宣州的家人，给韩愈报十二郎之丧。

译文

某年某月某日，叔父韩愈在得到你离世消息的第七天，才能忍着悲痛表达我的情谊，并让老仆建中远路赶去，备办了应时的鲜果美食作为祭品，告慰十二郎你的在天之灵：

唉！我很小就成了孤儿，等到长大一些，连父亲的模样都记不清了，只能依靠兄嫂。可惜兄长才到中年，就死在南方，当时我和你都还年幼，跟着嫂嫂一起将兄长的灵柩送回河阳老家安葬。不久嫂嫂又带你我到江南谋生，我们两人虽孤苦伶仃，但互相依靠，一天也没有分开过。本来我上面有三个兄长，不幸都早逝了。承继父亲血脉的，孙子辈中只有你一人，儿子辈中只有我一人，两代都只剩一个男丁，身子孤单，影子也孤单。嫂嫂曾经一手抚摸着你的头，一手指着我说："韩家两代人，就只剩你们两个了！"那时你的年龄还很小，应该不记得这些；我虽然当时已经记事，但并没有体会到嫂嫂的话语有多么悲凉。

我十九岁时，初次来到京城。四年后才回宣州去看你。又过了四年，我去河阳扫墓,碰上你送我嫂嫂的灵柩来安葬。又过了两年,我在汴州辅佐董丞相,你来探望我;我留你住了一年,你回家去打算接妻子儿女来与我同住。第二年,董丞相去世,我离开了汴州,你便没能如期与我在汴州相会。同年,我到徐州辅佐管理军务,派人接你前来,没想到接你的人刚出发,我又离职,你又没能成行。当时我想,就算你跟我一起到东方,我们也是客居,不可能长久;要想长久地团聚,不如向西回到家乡,我先安家置业后再接你来同住。唉!谁能想到你竟突然离我而去呢!想当初,我们都年轻,总以为暂时分别,以后终有机会长久团聚,所以我离开你独自去长安谋求生计。如果当初知道会是这样,就算是给我高官厚禄,我也一天都不愿离开你啊!

去年孟东野去你那边,我托他带给你一封信,信中说:"我虽然还不到四十岁,但眼睛已经有点花了,看东西模模糊糊,头发也已经花白,牙齿也松动了。想想我的叔伯们和兄长们,都在盛年早早离世,像我这样衰弱的人,还能活多久呢?我不能弃官回家,你也不愿意来;真担心有一天我突然死了,你该多么伤心啊!"谁能想到年轻的离世了而年老的还活着,强壮的夭折了而病弱的反而健在呢?

唉!这一切是真的吗?还是我在做梦呢?传来的消息是假的吧?如果消息是真的,我兄长德行那么出众,他的儿子怎么会早早辞世呢?你心思纯洁又明达事理,不是应该承蒙他的恩泽吗?难道年轻强壮的反而要早早死去,年老衰弱的却应活在世上吗?这样的结果实在令人难以置信。如果这一切只是一场梦,传报给我的消息也是假的,那东野的书信,还有报丧的耿兰,怎么还在我的身旁?啊,这大概是真的了!我的兄长有那么美好的品德,儿子竟然早早地去世了;你聪慧通达,本来是应该继承家业的,现在却不能承受先人的恩泽了。上天的意旨无法揣测,神的道理不可明察,天地的规律难以推究,人的寿命也不能预知啊!

盛世华章，文以载道：隋唐古文

欣赏文言之美

"情到深处最动人"，这篇《祭十二郎文》就是这样一篇感情真挚、催人泪下的千古绝唱。苏轼把它与《出师表》《陈情表》并举，称为"惨痛悲切"的"至情"之文。虽然从表面上看全篇都在说家庭过往，但是仔细琢磨，却发现字里行间全是发自肺腑的真情，如泣如诉，哀痛不止。

韩愈与侄子韩老成，虽然是两辈叔侄关系，但是因为两人是两代人中仅剩的男丁，他们身上都承担了振兴家族的重任。韩愈从小丧父，与老成一起由兄长和嫂嫂抚养长大，关系亲密。在韩愈看来，老成比自己年轻，二人以后总有相聚的时候，所以就想先干出一番事业，然后衣锦还乡，与老成团聚。但是没想到却突然接到侄儿老成辞世的消息。毫无思想准备的韩愈无法接受这一事实，难以承受的悲痛使他濒临崩溃，竟然怀疑这一切只是一场梦，亲爱的侄儿还健在，还在等着他回去团聚。

韩愈不得不接受现实，但幼时与侄儿共同生活的场景历历在目，一一浮现眼前；成年后两人聚少离多，每次相见都匆匆而别。这些过往随着韩愈的满腹悲伤流淌到笔端，成就了这篇感人至深的传世之作。

读懂 小古文 爱上 大语文

刘禹锡：归来仍是少年

刘禹锡（772—842），字梦得，彭城（今江苏徐州）人，唐朝大臣、散文家、诗人。

中唐时期，藩镇割据，宦官专权，朋党之争，政治非常黑暗。贞元二十一年（805），以王叔文、王伾、刘禹锡、柳宗元为首的一批官僚士大夫，发动了旨在反对藩镇割据、反对宦官专权、加强中央集权的政治改革，史称"永贞革新"。可惜改革只进行了一百多天就失败了，王叔文被赐死，王伾被贬后病亡，刘禹锡等人被贬为远州刺史，后来又追贬为远州司马。

刘禹锡一生仕途坎坷，在壮年时三次被贬，直到六十五岁才得以回京。这非但没有把他打倒，相反却使他形成了不屈不挠的性格。他始终保持着积极乐观的态度。被贬朗州时，作《秋词》一诗，诗中充满了奋发向上的豪情，没有丝毫的惆怅和郁闷。被贬后奉召回京，作《酬乐天扬州初逢席上见赠》一诗，诗中虽然有些抑郁不平和伤感之情，但是总基调是激昂的，显出了豁达的人生态度。也正因为这种乐观主义精神，刘禹锡被后人称为"诗豪"。

刘禹锡不论文章还是诗歌都写得很好，与柳宗元并称"刘柳"，与韦应物、白居易合称"三杰"，与白居易合称"刘白"，留下了《陋室铭》《竹枝词》《杨柳枝词》《乌衣巷》等名篇。

陋室铭

[唐]刘禹锡

盛世华章，文以载道：隋唐古文

小档案

出　　处：《刘禹锡集》。
文　　体：铭，最初是古人刻在器物上用来警诫自己、称述功德的文字，后来成为古人写作的一种文体。

　　山不在高，有仙则名①。水不在深，有龙则灵②。斯③是陋室，惟吾德馨④。苔痕上⑤阶绿，草色入⑥帘青。谈笑有鸿儒⑦，往来无白丁⑧。可以调素琴⑨，阅金经⑩。无丝竹⑪之乱耳⑫，无案牍（dú）⑬之劳形⑭。南阳⑮诸葛庐，西蜀子云⑯亭。孔子云：何陋之有？

【注释】①[名]作动词，出名，有名。②[灵]灵验。③[斯]指示代词，此，这。④[馨]散布很远的香气，这里指德行美好。⑤[上]长到。⑥[入]映入。⑦[鸿儒]大儒，这里指博学的人。鸿，大。儒，旧指读书人。⑧[白丁]平民。这里指没有功名的人。⑨[调素琴]弹奏不加装饰的琴。调，调弄，这里指弹。素琴，不加装饰的琴。⑩[金经]指佛经（佛经用泥金书写）。⑪[丝竹]琴瑟、箫管等乐器的总称，"丝"指弦乐器，"竹"指管乐器。这里指奏乐的声音。⑫[乱耳]扰乱双耳。乱，形容词的使动用法，使……乱，扰乱。⑬[案牍]（官府的）公文，文书。⑭[劳形]使身体劳累。劳，形容词的使动用法，使……劳累。⑮[南阳]今河南南阳。诸葛亮在出山之前，曾在南

阅读提示

《陋室铭》作于824年至826年间，当时刘禹锡在和州任职。《历阳典录》记载："陋室，在州治内，唐和州刺史刘禹锡建，有铭，柳公权书碑。"

阳卧龙岗中隐居躬耕。⑯〔子云〕西汉时文学家扬雄，蜀郡成都人。

读懂小古文 爱上大语文

译文

山不论高矮，如果上面有神仙居住，就会有名气。河流不在深浅，如果水中有蛟龙，就会有灵气。我这间屋子很简陋，但是我品德高尚（便不觉简陋了）。青苔翠色欲滴，长到了门前的台阶上。郁郁葱葱的青草映入竹帘，使室内染上了青色。到这里谈笑的都是博学的人，没有一个平民百姓。屋子虽然简陋，但我可以在里面弹奏清雅的音乐，或者研读佛经。没有世俗的乐曲扰乱心境，也没有官府的公文劳神伤身。这里就像诸葛亮在南阳的草庐，扬雄在西蜀的亭子。正如孔子所说："这有什么简陋的呢？"

欣赏文言之美

这是一篇骈体铭文。文章首先以山水起兴，表示山之所以出名不在于高矮，而在于有没有仙人居住；水之所以有灵气不在于深浅，而在于有没有蛟龙潜藏。接着，作者转为对自己居室的描写：这间屋子低矮、狭窄，它的台阶上甚至遍布青苔和野草。但就是这样一间其貌不扬的房屋，却住着一位品行高洁的主人，"惟吾德馨"。主人的"德馨"体现在哪些方面呢？体现在与主人交往的朋友上，"谈笑有鸿儒，往来无白丁"；也体现在主人的日常活动上，"调素琴，阅金经"。屋之"陋"与德之"馨"形成了鲜明的对比，突出了刘禹锡对高洁品行的追求与坚守。结尾，刘禹锡又拿诸葛亮隐居南阳的草庐和扬雄的故居玄亭与自己的陋室相比，并引用《论语》中孔子所说的"何陋之有"作为结语，强调了德行对一个人的重要性。

全文洗练精当，意蕴深厚，句式对仗工整，朗朗上口，写作手法高明。

白居易：伟大的现实主义诗人

白居易（772—846），字乐天，号香山居士，又号醉吟先生，唐代伟大的现实主义诗人，唐代三大诗人（李白、杜甫、白居易）之一。白居易与元稹共同倡导新乐府运动，世称"元白"，与刘禹锡并称"刘白"。白居易的诗歌题材广泛，形式多样，语言平易通俗，有"诗魔"和"诗王"之称。

白居易出生在河南新郑的一个中小官宦家庭，为避战乱，一家人前往宿州安居，白居易得以在宿州符离（今安徽宿州）度过了童年时光。小时候的白居易聪慧过人，学习非常刻苦，读书读得口舌生疮，手出老茧，甚至年纪轻轻就白了头发。

中年的白居易几经宦海沉浮，历任秘书省校书郎、县尉、翰林学士、左拾遗、刺史等职。815年，宰相武元衡遇刺身亡，白居易上书主张严惩凶手，得罪了当权者，后被贬为江州司马。这是白居易一生的转折点，从此之后，他渐渐由"兼济天下"转为了"独善其身"。白居易从822年开始在苏杭任职，他疏浚水井，解决百姓吃水问题，围堤修路，造福人民。

晚年的白居易退居洛阳，过着闲适的生活。他与好友饮酒赋诗，与僧人谈论佛理佛法，因为跟香山寺的僧人来往密切，所以他自号香山居士。

盛世华章，文以载道：隋唐古文

读懂 小古文 爱上 大语文

《荔枝图》序

[唐]白居易

小·档案

出　　处：《白香山集》。

写作背景：白居易生于北方，入川后特别喜欢荔枝，遂命人画《荔枝图》，并作了这篇序。

　　荔枝生巴峡①间，树形团团②如帷盖③。叶如桂④，冬青⑤。华(huā)⑥如橘，春荣⑦。实如丹⑧，夏熟。朵⑨如蒲萄⑩，核如枇杷，壳如红缯(zēng)⑪，膜如紫绡(xiāo)⑫，瓤肉莹白如冰雪，浆液甘酸如醴(lǐ)⑬酪(lào)⑭。大略如彼，其实过之。若离本枝，一日而色变，二日而香变，三日而味变，四、五日外，色香味尽去⑮矣。

【注释】①[巴峡]指巴郡三峡，也就是巴县以东江面的石洞峡、铜锣峡、明月峡一带，在今四川省东部和湖北省西部。②[团团]圆圆的。③[帷盖]周围带有帷帐的伞盖，围在四周的部分叫"帷"，盖在上面的部分叫"盖"。④[桂]桂树，常绿小乔木，叶为椭圆形，与荔枝叶相似。⑤[冬青]冬天是绿的。⑥[华]通"花"。⑦[春荣]春天开花。荣，开花。⑧[丹]朱红色，像丹砂一样。⑨[朵]这里指果实聚成的串。⑩[蒲萄]即葡萄。⑪[缯]古代对丝织品的统称。⑫[绡]生丝织成的绸子。⑬[醴]甜酒。⑭[酪]奶酪。⑮[去]消失。

　　元和十五年夏，南宾守①乐天命工吏②图而书之，盖为不识者与识而不及一二三日者云。

【注释】①[南宾守]忠州在天宝年间被称为南宾郡，乾元间又改回忠州。南宾守，即忠州刺史。②[工吏]这里指画工。

译文

荔枝生长在巴州和峡州一带。它的树冠圆圆的，就像一个帷幕和篷盖。它的叶子跟桂树的叶子相似，冬天也是长青的。它的花跟橘树的花看上去差不多，春天开花。它的果实像丹砂那样红红的，在夏天成熟。它的果实聚成一簇，像葡萄一样，果核跟枇杷的果核很像，外壳像红色的丝绸，壳内的薄膜像紫色的生丝，瓤肉像冰雪一样晶莹、洁白，汁水酸甜可口，像甜酒一样甘醇，像奶酪一样可口。关于荔枝的情况，大概就跟前面介绍的一样，只不过实际情况比我描述得更好。如果荔枝的果实离开枝头，一天颜色就变了，两天香味就变了，三天味道就变了，四五天以后，色香味就全消失了。

元和十五年的夏天，南宾郡的太守白乐天，让画工画了一幅《荔枝图》，并写下这篇序，给没有见过荔枝以及对荔枝了解不多的人介绍一下这种水果。

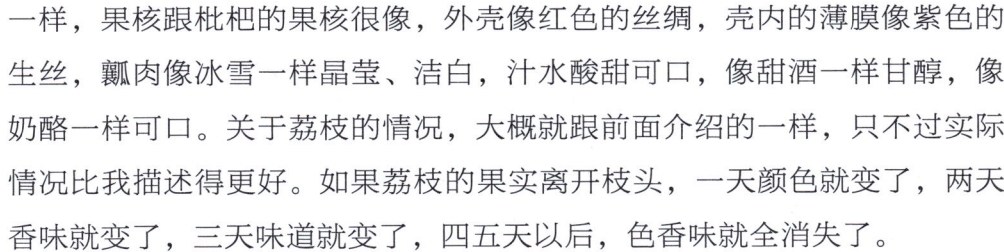

欣赏文言之美

这是一篇精巧的咏物小品文。白居易仅仅用了一百多个字，就将荔枝的树、花、叶、果描摹得形神俱佳。全文由整体到部分、由外到内，娓娓道来，详略得当，写出了荔枝的特点。

文中最精彩的是用比喻描绘荔枝的形态："树形团团如帷盖。叶如桂，冬青。华如橘，春荣。实如丹，夏熟。朵如蒲萄，核如枇杷，壳如红缯，膜如紫绡，瓤肉莹白如冰雪，浆液甘酸如醴酪。"这里采用日常生活中常见的十种物体作比，使从来没有见过荔枝的人也能够借助经验想象荔枝的样子，从而对荔枝产生具体的印象。

游大林寺序

[唐] 白居易

> **小·档案**
> 出　处：《白氏长庆集》。
> 坐　标：大林寺，位于庐山大林峰上，与西林寺、东林寺并称庐山"三大名寺"。

余与河南元集虚、范阳张允中、南阳张深之、广平①宋郁、安定②梁必复、范阳张特、东林寺沙门③法演、智满、士坚、利辩、道建、神照、云皋、息慈、寂然凡④十有七人，自遗爱⑤草堂历东、西二林，抵化城⑥，憩⑦峰顶⑧，登香炉峰，宿大林寺。

【注释】①[广平]古县名，在今天的河南省。②[安定]古县名。治所在今甘肃泾北。③[沙门]佛教名词，指依佛教戒律出家的人。④[凡]共。⑤[遗爱]寺名，遗爱寺位于庐山香炉峰下。⑥[化城]上化成寺，在庐山讲经台北，为晋代所建。⑦[憩]休息。⑧[峰顶]峰顶院，佛寺名。

大林穷远，人迹罕到。环寺多清流苍石，短松瘦竹。寺中惟板屋木器，其僧皆海东人。山高地深，时节绝晚，于时孟夏月①，如正、二月天。梨桃始华②，涧草犹短，人物风候，与平地聚落③不同。初到，恍然若别造④一世界者。因口号⑤绝句云：

【注释】①[孟夏月]阴历四月。孟，四季的第一个月。②[华]开花，动词。③[聚落]村落。④[造]往，到。⑤[口号]信口吟成之意。

人间四月芳菲①尽，山寺桃花始盛开。
长②恨春归无觅处，不知转入此中来。

【注释】①[芳菲]指花草。②[长]常。

既而,周览①屋壁,见萧郎中存②、魏郎中弘简③、李补阙渤④三人姓名文句。因与集虚辈叹,且曰:"此地实匡庐第一境。由驿路⑤至山门⑥,曾⑦无半日程。自萧、魏、李游,迨今垂⑧二十年,寂寥无继者。嗟乎,名利之诱人也如此!"

【注释】①[周览]遍看。②[萧郎中存]萧存,字伯诚,萧颖士之子。郎中,官名。唐至清为各部尚书的属官,分掌各司事务,是位于尚书、侍郎、丞之下的中级官员。③[魏郎中弘简]魏弘简,字裕之。累官至户部郎中。④[李补阙渤]李渤,字濬之。补阙,官名,其职责是规谏皇帝、举荐人员。⑤[驿路]古代为传车、驿马通行而修筑的大道。沿路设驿站。⑥[山门]指佛寺的大门。佛寺多在山中,故称山门。⑦[曾]还。⑧[垂]将近。

时元和十二年四月九日,乐天序。

阅读提示

唐宪宗元和十年(815),白居易被贬为江州司马。这是一个没有实权的职位,所以不受公事所累的白居易便有了大把的时间游览祖国的大好河山。这篇文章就是在元和十二年(817)四月九日,白居易与庐山隐士元集虚等十七人游庐山大林寺时所写。

译文

我与河南的元集虚,范阳的张允中,南阳的张深之,广平的宋郁,安定的梁必复,范阳的张特,东林寺的出家人法演、智满、士坚、利辩、道深、

道建、神照、云皋、息慈、寂然共十七人,从遗爱寺旁边的草堂出发,经过东林寺和西林寺,到达上化成寺,在峰顶院休息片刻之后登上了香炉峰,晚上在旁边的大林寺过夜。

大林寺地处偏远,很少有人来。寺周围溪水清澈,怪石嶙峋,有矮小的松树和细瘦的青竹。寺里陈设简陋,用木板隔成的房间内摆放着简单的木制器具,寺里的僧人都是海东人。这里由于山高林深,所以季节变换比山下要晚,按时令现在已经是初夏四月,但是这里的气候还如正月、二月一般清寒,梨树、桃树刚刚开花,山涧中的青草还没有长高。人物风俗气候,与山下平地的村庄迥然不同。刚到这里时,我们仿佛进入了另一个世界。面对此情此景,我随口赋小诗一首:"人间四月芳菲尽,山寺桃花始盛开。长恨春归无觅处,不知转入此中来。"

我们遍观了房间的墙壁,看到有萧存郎中、魏弘简郎中、李渤补阙三

关于名字的趣事

关于白居易的名字有一个有趣的故事。十六岁那年白居易只身来到长安去拜访当时掌管编纂国史以及为朝廷起草文诰诏令的著作郎顾况,当自视甚高的顾况看到名帖上"白居易"三字时,禁不住大笑起来:"呵呵,好大的口气!要知道,一般人想在京城立住脚是多么不容易,一个毛头小伙子还想白白居住,真是'初生牛犊不怕虎'。"可是等他接着读了白居易的《赋得古原草送别》时,禁不住拍案叫绝道:"能写出这样的诗句,在京城居住有什么困难呢?我刚才只不过开了一个小玩笑而已啊!"

人留下的姓名和诗句，于是我对集虚他们感慨道："这里的风光堪称庐山第一胜景。从山下的驿站到寺门，也还不到半日的路程，但是自从萧、魏、李三人拜访这里，二十年来竟然无人造访，一片寂寥。唉，人们忙于追逐名利而忽视了美好的风景，可见名利对于人们的诱惑真是太强烈了！"

元和十二年四月九日，白乐天作序。

欣赏文言之美

这是一篇典型的记游文章，语言虽平易，读起来却生动形象，极富美感。第一段作者简略交代了去大林寺游览的人及出行路线，第二段则重点描写大林寺的景致。

作者先写大林寺周围的自然风光，"环寺多清流苍石，短松瘦竹"，然后写寺庙的古朴，"唯板屋木器"。之后重点描写了大林寺的气候，称其与山下迥异，"梨桃始华，涧草犹短，人物风候，与平地聚落不同"。最后感慨寺内屋壁上萧存等人的题句。寥寥几笔，就将一座藏在深山、人迹罕至的大林寺描摹了出来，寺庙清幽静远，仿佛处在一个超凡脱俗的世界。

如此美景，却如此寂寥，作者不禁发出感叹："嗟乎，名利之诱人也如此！"这是全文的点睛之笔，联系作者被排挤、打压、贬谪的经历，这一感叹发人深省。

柳宗元：钓得一江寒雪

读懂 小古文 爱上 大语文

千山鸟飞绝，万径人踪灭。孤舟蓑笠翁，独钓寒江雪。

只要读到这首脍炙人口的小诗，眼前就会浮现出这样一幅画卷：漫天大雪中，世上行人散尽，飞鸟踪迹全无。在白茫茫的江面上，停有一叶扁舟，岸边坐着一位头戴箬笠、身披蓑衣的老翁，独自在风雪中垂钓。同样也难免会想：这位遗世独立的老人，就是诗人柳宗元自己吗？柳宗元到底是一个什么样的人呢？

有为少年

柳宗元（773—819），字子厚，河东（现山西运城永济一带）人，唐宋八大家之一，唐代文学家、哲学家、散文家和思想家，世称"柳河东""河东先生"，因官终柳州刺史，又称"柳柳州"。

柳宗元出生在河东柳氏家族，一个名门望族。柳宗元自小聪慧过人，十三岁就以文成名，接下来一路"绿灯"，二十一岁考中进士，二十六岁通过博学宏词科考试，被授予集贤殿书院正字（官阶从九品上），后来又被任命为蓝田尉（正六品）。两年后，柳宗元被调回长安，任监察御史里行。

革新被贬

官场的经历让柳宗元结识了更多的人，其中诗人刘禹锡就是在他为官期间结识的，后来在刘禹锡的引荐下，他又认识了当时革新派的主要人物王叔文。由于对当时的社会现实有清醒的认识，他极力主张革新并成为革新派的主要人物。

可惜，革新很快就失败了。革新派的核心人物王叔文遭贬官后被赐死，王伾被贬后病亡，刘禹锡、柳宗元等八人先后被贬官到偏远的地方做司马，这就是历史上著名的"二王八司马事件"。柳宗元被贬到永州（今属湖南）做司马。这一年，柳宗元三十二岁。

一生知交

柳宗元到永州后不久，经历了人生的低谷：母亲病逝，女儿夭折，房屋着火被烧。不如意的事情一件接着一件，但是柳宗元都熬过来了。当时，刘禹锡在数百千米之外的朗州放声高歌《秋词》："自古逢秋悲寂寥，我言秋日胜春朝。晴空一鹤排云上，便引诗情到碧霄。"看到同样被贬的朋友活得如此潇洒乐观，柳宗元也不由得深受鼓舞。

柳宗元在永州一待就是十年。在这十年中，柳宗元一边潜心研究哲学、政治、历史，一边游历山水，写下了8篇著名的山水游记，世称"永州八记"。《柳河东全集》中的540多篇诗文中，有317篇是柳宗元在永州创作的。

元和十年（815）正月，柳宗元和八司马中的其他几位同时接到回京的诏书。柳宗元经过一个多月跋涉，回到长安，却并没有得到重用。柳宗元和刘禹锡等一干许久未见的好友一起到玄都观饮酒聚会，好不痛快。但最终因为刘禹锡作了一首《玄都观桃花》，惹恼了权臣武元衡等人，于是他们八人再次被贬，柳宗元被贬为柳州（今属广西）刺史。

出发去柳州的时候，柳宗元与刘禹锡从长安结伴同行，到了衡阳面临分别，柳宗元作了《重别梦得》，与刘禹锡告别："二十年来万事同，今

朝岐路忽西东。皇恩若许归田去，晚岁当为邻舍翁。"

这首诗表达的愿望虽然美好，可惜永远都没有机会实现了，谁也没有想到这一次就是两人的永别。柳宗元去世之前，把所有的文稿连同未成年的儿子一并托付给刘禹锡。刘禹锡没有辜负朋友的重托，此后的二十多年，他倾尽全力整理朋友的诗文，结集成册《柳河东集》。同时，刘禹锡倾心抚养柳宗元的儿子，此子后来考中了进士。

为民刺史

柳州与永州相比，距离京城长安更远，更加偏僻荒凉，而且当地多是少数民族，风俗习惯与长安有很大不同。柳宗元初到柳州，别说为官，就连生活也是困难重重。但他还是克服一切困难，尽最大努力造福当地百姓。

柳州当时沿袭一种残酷的风俗，贫穷的家庭可以拿孩子作为抵押去借钱，如果过了约定的时间还不上钱，孩子就沦为奴婢。这种习俗导致很多人家庭离散。柳宗元发布政令，改变这种终身为奴的旧俗，政令规定即便是当了奴婢，以后有了条件也可以赎身。而且奴婢赎身的钱也可以由自己支付，在为债主服务期间，债主要付给奴婢工钱，这些工钱可以用来赎身。当地的百姓对这一做法举手称赞，后来柳州以外的州县也学习了这种做法。

柳宗元还在柳州大力兴办教育，教化百姓。他亲自创办了很多学堂，鼓励百姓多读书。有青年学子请教，柳宗元总是不厌其烦地予以指导。柳宗元还制定了各种法令，禁止当地的江湖巫医骗钱害人，同时推广医学，主张用科学的方法为百姓治病。

四年后，唐宪宗实行大赦，敕召柳宗元回京。可是柳宗元还没来得及回去，便于十一月初八在柳州病逝，享年四十七岁。

文采千古

柳宗元的诗,现存共有140多首。与诗歌相比,他的散文成就更大,他是中国历史上著名的散文大家。柳宗元的散文与韩愈齐名。他和韩愈发起的古文运动,对后世的散文创作影响很大。他们提出的思想理论和文学主张为改变当时的文风起到了非常重要的作用。

在柳宗元创作的众多散文精品中,游记尤其独树一帜。"永州八记"已成为我国古代山水游记名篇。另外,柳宗元还写了不少含义隽永的寓言故事,《黔之驴》《永某氏之鼠》都是其中的名篇。这些寓言中还衍生出来很多现今常用的成语,比如"黔驴技穷"等。

柳宗元的一生,除了少年得志,也有不少孤独苦闷。他想通过革新使国富民强,却被排挤、打压,一生郁郁不得志,只能寄情于山水和文字。从这个角度来看,柳宗元又何尝不是那个独钓寒江雪的渔翁呢?茫茫天地间,理解他的恐怕没有几人吧。

柳宗元病逝于柳州任上。他生前两袖清风,死后家人甚至没有钱将他的遗体送回老家安葬。后来,还是一位同乡出资,才将柳宗元的灵柩送回家乡。柳州的百姓为了纪念他,在他生前喜欢的罗池畔建造了罗池庙,在他停灵的地方建了一座衣冠冢。一千多年后的今天,罗池庙改名柳侯祠,并与柳宗元衣冠墓、柑香亭共同组成柳宗元纪念馆,供人们参观和缅怀。

钴鉧潭记

[唐] 柳宗元

小档案

出　　处：《柳河东集》，"永州八记"的第二篇。

钴鉧（gǔ mǔ）潭①在西山西。其始盖冉水②自南奔注，抵山石，屈③折东流；其颠委④势峻⑤，荡击⑥益暴，啮（niè）其涯⑦，故旁广而中深，毕至石乃止，流沫成轮⑧，然后徐⑨行，其清广而平者且十亩，有树环焉，有泉悬⑩焉。

【注释】①[钴鉧潭]潭名。钴鉧，熨斗，这里指潭的形状像熨斗。②[冉水]即冉溪，又称染溪。③[屈]通"曲"，弯曲。④[颠委]首尾，这里指上游和下游。⑤[势峻]水势峻急。⑥[荡击]猛烈冲击。⑦[啮其涯]指侵蚀岸边。啮，咬、啃。涯，边沿。⑧[轮]车轮般的漩涡。⑨[徐]慢慢地。⑩[悬]自高处而下。

其上有居者，以①予之亟②游也，一旦款门③来告曰："不胜④官租、私券⑤之委积⑥，既芟（shān）山⑦而更居⑧，愿以潭上田贸财⑨以缓祸⑩。"予乐而如其言。则崇其台⑪，延其槛⑫，行其泉，于高者而坠之潭，有声潀（cóng）然⑬。尤与中秋观月为宜，于以⑭见天之高，气之迥⑮。孰使余乐居夷⑯而忘故土者，非兹潭也欤？

【注释】①[以]因为。②[亟]经常，多次。③[款门]敲门。④[不胜]承担不了。⑤[券]债务的借据。⑥[委积]累积的压力。⑦[芟山]割草开山。芟，割草。⑧[更居]搬迁居住的地方。⑨[贸财]以物变卖换钱。⑩[缓祸]缓解目前的灾祸。⑪[崇]加高。⑫[槛]栏杆。⑬[潀然]水声淙淙的样子。⑭[于以]于此，在这里。⑮[迥]

辽远。⑯ [居夷] 住在夷人地区。

译文

钴鉧潭在西山以西。潭水源自冉水，冉水自南向北奔流，碰到山石阻隔，再折返向东流。冉水的上游和下游水势浩大，撞击猛烈、侵蚀钴鉧潭的潭岸边，钴鉧潭岸边宽阔，而中央的水很深。流水激荡，遇到山石才停下来，飞溅的水沫形成车轮状的漩涡，然后水势才缓缓东流。钴鉧潭的水清澈而平缓，占地有十多亩，潭的四周有树木环绕，还有瀑布飞旋而下。

山上有居住的人，因为我常常来游玩彼此就认识了。一天他大清早来敲我的门，说："我无法负担越欠越多的官租私债，打算到山里开荒种地，我愿意卖掉潭边的田地，暂时缓解一下债务。"我很高兴，答应了他。（买来后）就加高了岸边的水台，延长了栏杆，还疏浚山上的泉水，使得泉水从高处落入潭中，水声淙淙，格外清脆悦耳。此处特别适合八月十五中秋赏月，从台上望去，天空更加高远，视野更加开阔。是什么让我乐于在这蛮荒之地住下去而忘掉了家乡，难道不是因为这钴鉧潭吗？

永州八记

"永州八记"是柳宗元被贬为永州司马时，借写山水游记书写胸中愤懑的散文。"永州八记"包含《始得西山宴游记》《钴鉧潭记》《钴鉧潭西小丘记》《小石潭记》《袁家渴记》《石渠记》《石涧记》《小石城山记》。

欣赏文言之美

这是一篇精美短小的山水小品文，文字不多，

读懂 小古文 爱上 大语文

却形、声、色俱全,将钴𬭸潭生动地呈现在了读者面前。

作者的描写之所以生动,是因为他运用了极富表现力的动词和多种修辞手法,把潭水写活了。"奔注"把潭水迅猛前进、一泻千里的气势活灵活现地展现了出来;"啮其涯"的"啮"字,以拟人的手法,形象地写出了水流对岸边的侵蚀;"流沫成轮"则运用比喻的修辞手法,传神地再现了潭水飞溅激荡的情景;"清广而平",简练生动地描绘了潭水在受到山石阻挡之后变得平缓而宽阔的状貌。

作者还描写了潭周边的飞瀑、绿树,作为对潭水的映衬。此外,作者详细记叙了自己买来山民的田地后对钴𬭸潭潭边进行修葺的过程。修葺后的钴𬭸潭更加开阔秀丽,适宜中秋之夜静静赏月。这样清幽而美丽的景色,让作者忘却了官场倾轧带来的伤害,使他"乐居夷而忘故土"。至此,作者的笔触从眼前的风景延伸到了内心的思想情感,文章也实现了情与景的交融。

小石潭记

[唐]柳宗元

> **·小·档案·**
> 出　处：《柳河东集》，"永州八记"的第四篇。

　　从小丘西行百二十步，隔篁（huáng）竹①，闻水声，如鸣珮环②，心乐③之。伐竹取道，下见小潭，水尤清冽（liè）④。全石以为底，近岸，卷石底以出，为坻（chí）⑤，为屿，为嵁（kān）⑥，为岩。青树翠蔓⑦，蒙络摇缀，参差披拂。

【注释】①［篁竹］成林的竹子。②［珮环］珮、环，都是玉饰。③［乐］以……为乐，高兴。④［清冽］清澈而寒凉。⑤［坻］水中高地。⑥［嵁］不平的岩石。⑦［翠蔓］翠绿的藤蔓。

　　潭中鱼可①百许头，皆若空游无所依，日光下澈②，影布石上。佁（yǐ）然③不动，俶（chù）尔④远逝，往来翕（xī）忽⑤，似与游者相乐。

【注释】①［可］大约。②［澈］穿透。③［佁然］静止不动的样子。④［俶尔］忽然。⑤［翕忽］轻快敏捷的样子。

　　潭西南而望，斗折蛇行①，明灭可见。其岸势犬牙差（cī）互②，不可知其源。

【注释】①［斗折蛇行］（溪水）像北斗星那样曲折，像蛇那样蜿蜒前行。②［犬牙差互］像狗的牙齿那样交错不齐。

　　坐潭上，四面竹树环合，寂寥无人，凄神寒骨①，悄（qiǎo）怆②幽邃（suì）③。以其境过清④，不可久居，乃记之而去。

【注释】①［凄神寒骨］感到心情凄凉，寒气透骨。②［悄怆］忧伤。③［邃］深。

④〔清〕凄清。

同游者：吴武陵①，龚古②，余弟宗玄③。隶而从者，崔氏二小生④，曰恕己，曰奉壹。

【注释】①〔吴武陵〕作者的朋友，也被贬到了永州。②〔龚古〕作者的朋友。③〔宗玄〕作者的堂弟。④〔二小生〕两个年轻人。

译文

从小丘向西走一百二十步，隔着竹林，便可以听到水声，就像人身上佩带的珮环相碰击发出的声音一样，让人听了心旷神怡。砍倒旁边的竹子，辟出一条小道，沿着小道往前走，就能看到一个小潭，小潭里的水格外清澈寒凉。小潭以整块石头为底，靠近岸边的地方，石底周边部分翻卷出来，露出水面，有些部分在水中形成一小块高地，像是一个小岛，还有高低不平的岩石（露出来）。小潭周围环绕着苍翠的树木和碧绿的藤蔓，覆盖缠绕，摇曳牵连，参差不齐，随风飘拂。

潭中大概有一百来条鱼，（因为潭水太清澈）它们就好像在空中游动，什么依靠也没有。阳光直照到水底，鱼的影子映在水底的石头上。鱼儿呆呆地停在水底一动不动，忽然又游到远处去了，轻快敏捷地游来游去，就像在和游人逗乐。

向小石潭的西南方望去，溪水涓涓流动，像北斗七星那样曲折，像蛇爬行一样弯曲，在山石间忽隐忽现。溪岸的形状像狗的牙齿一样交错不齐，不知溪水的源头在哪里。

我坐在潭边,四周绿树和翠竹环绕,周围寂寥无人,使人感觉心情凄凉,寒气透骨。这里幽静深远,弥漫着忧伤的气息。我觉得这里的环境太凄清了,不能长久停留,所以记下这番风景后就离开了。

　　跟我一起去游玩的人有吴武陵、龚古以及我的堂弟宗玄。我带着一同去的,有两个姓崔的年轻人,一个叫恕己,一个叫奉壹。

欣赏文言之美

　　本文在写法上,为后世写景文章提供了两大借鉴。一是"移步换景"手法的运用,作者带领我们一步步地领略了周边的美景:由小丘到竹林,由竹林闻水声,再到小潭的出现,像是一幅美丽的画卷徐徐展开。二是抓住特点进行细致描写。在写潭水的时候,针对"清"进行细致的刻画。但作者并没有直接描写潭水如何清,而是从潭中鱼入手进行描写,醉翁之意不在酒,作者并不是真的要写鱼,而是要借此突出潭水的"清",通过"皆若空游无所依"几个字,一汪清水已经展现在读者面前了。但是这还不够,作者又借助日光进行进一步渲染,日光直射到水底,将鱼的影子留在石头上。清泉、游鱼、阳光,周围郁郁葱葱的树木,一同组成了一幅美丽的画面!

蝜蝂传

[唐] 柳宗元

小·档案

出　　处：《柳河东集》。

蝜蝂（fù bǎn）①者，善负小虫也。行遇物，辄（zhé）②持取，昂其首负之。背愈重，虽困剧③不止也。其背甚涩④，物积因⑤不散，卒⑥踬仆（zhì pū）⑦不能起。人或⑧怜之，为去⑨其负。苟⑩能行，又持取如故⑪。又好（hào）⑫上高，极其力不已⑬，至坠地死。

【注释】①[蝜蝂]《尔雅》中记载的一种黑色小虫，背部隆起的地方可以担负东西。②[辄]就。③[困剧]非常困倦疲累。困，疲乏。剧，很，非常。④[涩]不光滑。⑤[因]因而。⑥[卒]最后，最终。⑦[踬仆]踬和仆都是跌倒、仆倒的意思，这里指被东西压倒。⑧[或]有时。⑨[去]除去，拿掉。⑩[苟]只要，如果。⑪[故]原来。⑫[好]喜爱。⑬[已]停止。

今世之嗜取者①，遇货②不避，以厚③其室，不知为己累也，惟恐其不积。及其怠（dài）④而踬也，黜（chù）弃⑤之，迁徙⑥之，亦以⑦病⑧矣。苟能起，又不艾（yì）⑨。日思高其位，大其禄，而贪取滋⑩甚，以近于危坠，观前之死亡，不知戒⑪。虽其形魁然⑫大者也，

其名人^⑬也,而智则小虫也。亦足哀夫!

【注释】①[嗜取者]贪得无厌的人。嗜,贪,喜好。②[货]泛指财物。③[厚]作动词,增加。④[怠]通"殆",松懈。⑤[黜弃]罢官。⑥[迁徙]这里指贬官,流放。⑦[以]通"已",已经。⑧[病]疲惫。⑨[艾]通"乂",改过。⑩[滋]更加。⑪[戒]吸取教训。⑫[魁然]壮伟的样子。⑬[名人]被命名为人,指被称作是人。名,作动词,命名。

 译文

蝜蝂是一种善于背东西的小虫。它向前爬行时,遇到东西总是抓取过来,抬起头背着这些东西。东西越背越重,即使非常劳累,也不会停止。它的背很粗糙,所以背上堆积的东西不会轻易散落,东西越积越多直至最终将它压倒。有的人可怜它,帮它把背上的东西拿下来,可它一旦能继续爬行,还是会像之前那样继续往背上装东西。这种小虫还喜欢往高处爬,即便是精疲力尽也不会停止,直至掉下来摔死在地上。

现今世上那些贪得无厌的人,遇到钱财就想办法捞取,不遗余力地用财物来堆满自己的家,不知道财富会成为负累,只担心积聚得不够多。等到他们一不小心栽了跟头,或被撤职,或被流放,难免痛苦不已。如果被重新起用,他们又不知悔改,每天想着如何提高自己的地位,如何得到更多俸禄,变本加厉地捞取钱财,眼看就要从高处摔下来,也不知道从别人贪官求财以至于灭亡的经历中吸取教训。虽然他们形体魁梧高大,被称作

人，但他们的见识跟蝜蝂这样的小虫却差不多。这是多么可悲啊！

读懂 小古文 爱上 大语文

欣赏文言之美

蝜蝂是什么呢？据考证，这是一种压根不存在的虫子。但是在这篇文章中，柳宗元却把它描写得活灵活现，就像真的存在一样，尤其它"好物""好高"的特点，写得像真的一样。柳宗元用蝜蝂来比喻朝廷中的贪官污吏。这些贪官污吏贪婪成性，为了名利不惜一切手段。他们祸国殃民，不顾百姓的死活，哪怕到头来丢官罢职，甚至丢掉了性命，他们也不知悔改。

会讲故事的柳宗元

柳宗元为了讽刺黑暗的社会现实，喜欢借动物喻人，写一些生动有趣的寓言故事。为了讽刺贪官污吏的贪得无厌，他写了《蝜蝂传》，通过描写一种不停捡拾东西放到背上、直至把自己压死的小虫，将贪官污吏的丑态揭露得淋漓尽致；为了讽刺外强中干、没有真才实学的人，他写了《黔之驴》，驴子被老虎吃掉的悲惨结局，预示了这样的人必然灭亡；为了讽刺那些倚仗他人势力任性妄为的人，他写了《临江之麋》，将那些没有自知之明的媚主之奴的丑态刻画得入木三分；为了讽刺那些一时得志的小人，他写了《永某氏之鼠》，暗喻小人依仗权势虽能嚣张一时，却不能长久，必会遭到灭亡的下场。柳宗元用自己的慧心妙笔，确立了寓言故事在中国文学史上的地位，为后人留下了一笔宝贵的文化财富。

捕蛇者说

[唐] 柳宗元

小·档案

出　　处：《柳河东集》。

文　　体：说，是古代一种文体，指的是通过记叙、议论或说明来阐述事理的文章。

　　永州①之野产异蛇，黑质而白章②，触草木尽死；以③啮人，无御之者。然得而腊（xī）④之以为饵⑤，可以已⑥大风⑦、挛踠（luán wǎn）⑧、瘘（lòu）⑨、疠（lì）⑩，去死肌⑪，杀三虫⑫。其始，太医以王命聚⑬之，岁⑭赋⑮其二，募有能捕之者，当⑯其租入。永之人争奔走⑰焉。

【注释】①[永州]治所在今湖南零陵。②[章]花纹。③[以]连词，表示假设。④[腊]风干。⑤[饵]药饵，即药引子。⑥[已]止，治愈。⑦[大风]麻风病。⑧[挛踠]手脚弯曲不能伸展。⑨[瘘]脖子肿大。⑩[疠]恶疮。⑪[去死肌]去除坏死的肌肉。⑫[三虫]泛指人体内的寄生虫。⑬[聚]征集。⑭[岁]每年。⑮[赋]征收敛取。⑯[当]抵充。⑰[奔走]指忙着做某件事。

　　有蒋氏者，专其利三世矣。问之，则①曰："吾祖死于是②，吾父死于是，今吾嗣（sì）③为之十二年，几（jī）④死者数（shuò）⑤矣。"言之，貌若甚戚⑥者。

【注释】①[则]却。②[是]代词，这件事。③[嗣]继续。④[几]几乎，差点儿。⑤[数]屡次，多次。⑥[戚]悲伤。

读懂 小古文 爱上 大语文

余悲之①，且曰："若毒②之乎？余将告于莅（lì）事者③，更（gēng）若役④，复若赋，则何如？"蒋氏大⑤戚，汪然出涕⑥曰："君将哀而生之⑦乎？则吾斯役之不幸，未若复吾赋不幸之甚也。向⑧吾不为斯役，则久已病⑨矣。自吾氏三世居是乡，积于今六十岁矣，而乡邻之生日蹙（cù）⑩，殚其地之出，竭其庐之入，号呼而转徙，饥渴而顿踣（bó）⑪，触风雨，犯寒暑，呼嘘毒疠，往往而死者相藉（jiè）⑫也。曩（nǎng）⑬与吾祖居者，今其室十无一焉；与吾父居者，今其室十无二三焉；与吾居十二年者，今其室十无四五焉，非死则徙尔，而吾以捕蛇独存。悍吏之来吾乡，叫嚣⑭乎东西，隳（huī）突⑮乎南北，哗然而骇者，虽⑯鸡狗不得宁焉。吾恂恂（xún xún）⑰而起，视其缶，而吾蛇尚存，则弛然⑱而卧。谨食（sì）⑲之，时⑳而献焉。退而甘食其土之有，以尽吾齿㉑。盖一岁之犯死者二焉，其余则熙熙㉒而乐，岂若吾乡邻之旦旦有是哉！今虽死乎此，比吾乡邻之死则已后矣，又安敢毒耶？"

【注释】①[余悲之]我同情他。悲之，为之悲。②[毒]怨恨。③[莅事者]负责的人，指地方官。④[役]给官府做劳力的差事。⑤[大]非常。⑥[涕]眼泪。⑦[生之]使我活下去。之，代词，我。⑧[向]假使，假如。⑨[病]困苦不堪。⑩[蹙]窘迫。⑪[顿踣]（劳累地）跌倒在地上。⑫[死者相藉]形容尸体互相压着。藉，

枕,垫。⑬[曩]从前,以往。⑭[叫嚣]叫喊。⑮[隳突]骚扰。⑯[虽]即使。⑰[恂恂]小心谨慎的样子。⑱[弛然]放心的样子。⑲[食]喂养,饲养。⑳[时]到(规定献蛇的)时候。㉑[齿]指人的年龄。㉒[熙熙]快乐的样子。

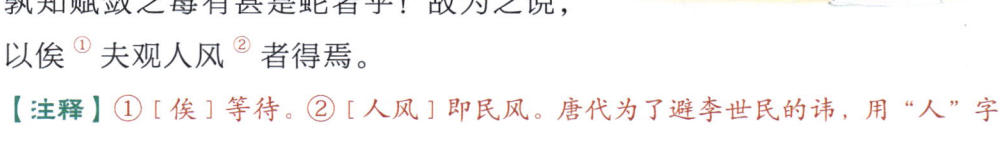

余闻而愈悲。孔子曰:"苛政猛于虎也。"吾尝疑乎是,今以蒋氏观之,犹信。呜呼!孰知赋敛之毒有甚是蛇者乎!故为之说,以俟①夫观人风②者得焉。

【注释】①[俟]等待。②[人风]即民风。唐代为了避李世民的讳,用"人"字代"民"字。

译文

永州山野出产一种奇特的蛇,黑色身体上长有白色的花纹。它碰触草木后,草木就会枯死;它咬了人,没人能被医治。但是这种蛇被杀死、晒干后可以作药引,用来治疗麻风、手脚蜷曲、脖子肿大、恶疮,还能去除坏死的肌肉,杀死人体内的寄生虫。起初,太医奉皇帝的命令从民间征集这种蛇,每年征收两次,招募能够捕这种蛇的人,捕来用蛇充抵应交的租税。一时间,永州人都争相捕蛇。

有一户姓蒋的人家,家人三代从事这个有好处的差事。我问他这件事,他说:"我的爷爷因为捕蛇死了,我的父亲也是因捕蛇死的,如今我接着干了十二年了,好几次也差点丧命。"说起这些经历,他的脸上写满了悲伤。

我为他难过,于是对他说:"你痛恨捕蛇这件事吗?如果你不想干,我跟主管的官员说一声,让他更换你的差使,恢复你的赋税,好吗?"没想到他听了大为悲伤，眼泪夺眶而出，他说："您是可怜我，想让我活下去吗？我的这个差使虽然不幸，但是和恢复赋税相比还算不了什么。如果我不干捕蛇这件事，我们家早就困苦不堪了。我们家三代居住在这里，至今已有六十年，乡邻们的生活一天比一天窘迫，他们拿出田里所有的出产，上交家里的一切收入，人们号啕痛哭，辗转流亡，又饥又渴地倒在路上，顶着风雨、冒着严寒酷暑、吸着有毒的空气，由此而死去的人的尸体堆得像小山。从前跟我爷爷一起居住在这里的邻居，十户中现在剩不下一户；跟我父亲一起居住在这里的邻居，十户中剩下的不到两三户；十二年中与我同住的那些邻居，现在十户中剩下的也不到四五户了。他们要么死了，要么就是搬走了，只有我靠着捕蛇活了下来。每当收租的官吏气势汹汹地来到村里，到处吵嚷，到处骚扰，令人害怕，别说是人，就是村里的鸡和狗都不得安宁。每当这个时候，我就会小心翼翼地爬起来，到装蛇的瓦罐里看看，蛇安然无恙，我就会放心地躺下。我小心地饲养自己捉到的蛇，到官府征收的时候把它交上去。回家后我就可以安心享用田里收获的粮食和菜蔬，度过我的余生。我大约一年冒两次生命危险去捉蛇，其余时间就可以安稳快乐地度过，哪像我的邻居们每天都有这种危险呢！现在即便我因为捕蛇死了，跟我邻居们的死相比，已经算晚了，又怎么敢怨恨捕蛇这件事呢？"

听完蒋氏的诉说，我更加悲伤。孔子说："苛酷的政令比老虎还要凶残。"以前我曾经怀疑过这句话，如今从蒋氏的经历来看，这句话是可信的。唉！谁知道苛捐杂税的毒害比毒蛇还要厉害呢？因此我写了这篇文章，希望朝廷派来考察民情的官员能够看到它。

欣赏文言之美

这篇文章以捕蛇者的自述衬托了社会的黑暗。作者先是发问：世代以捕蛇为业的蒋氏不害怕毒蛇吗？后得知蒋氏的祖父和父亲都死于捕蛇，他自己也有好几次差点死掉，可见这并不是一件好差事。但当作者提出可以帮蒋氏换一个差事时却遭到了他的拒绝，因为蒋氏祖孙三代亲眼目睹了邻居们因为缴纳不起赋税而背井离乡的惨状。蒋氏称捕蛇虽然不幸，但这不幸与乡邻时时要面对官吏催租的压迫来说不算什么。蒋氏不是不怕毒蛇，而是因为还有比毒蛇更可怕的，那就是官府的苛捐杂税、横征暴敛。至此，文章的主题呼之欲出，作者引用了孔子的一句话"苛政猛于虎也"！

柳宗元等人为了改善民生、富国强兵曾发起"永贞革新"，革新虽然失败，柳宗元也遭遇了残酷打击，但他忧国忧民之心不改，仍用手中之笔书写百姓疾苦、鞭挞暴政，因此可以说，《捕蛇者说》实际上也是作者奔走呼号、为民请命的代言书。

盛世华章，文以载道：隋唐古文

读懂 小古文 爱上 大语文

临江之麋

[唐] 柳宗元

> **小·档案**
>
> 出　　处：《柳河东集》。
> 文　　体：寓言故事。

　　临江①之人畋（tián）②，得麋麑（mí ní）③，畜（xù）④之。入门，群犬垂涎，扬尾皆来。其人怒，怛（dá）⑤之。自是日抱就⑥犬，习⑦示之，使勿动，稍使与之戏。积久，犬皆如人意。

【注释】①[临江] 古县名，在今江西樟树。②[畋] 打猎。③[麋麑] 小鹿。④[畜] 饲养。⑤[怛] 惊吓，呵斥。⑥[就] 靠近。⑦[习] 常常。

　　麑稍大，忘己之麋也，以为犬良我友，抵触偃（yǎn）①仆，益狎（xiá）②。犬畏主人，与之俯仰③，甚善，然时啖（dàn）④其舌。

【注释】①[偃] 仰面倒下。②[狎] 亲昵而不庄重。③[俯仰] 周旋，应付。④[啖] 吃，这里的意思是舔。

　　三年，麋出门外，见外犬在道甚众，走①欲与为戏。外犬见而喜且怒，共杀食之，狼藉②道上。麋至死不悟。

【注释】①[走] 跑。②[狼藉] 杂乱。

译文

　　临江县有个人在打猎时捉到一只

小鹿，把它带回家养了起来。刚进家门，家里的一群狗流着口水、摇着尾巴围上来。主人很生气，大声呵斥狗群。此后每天主人都抱着小鹿接近狗群，让狗渐渐熟悉小鹿，教它们不能伤害小鹿，并逐渐让狗和小鹿一起嬉戏玩耍。时间长了，狗都明白了主人的想法。

小鹿逐渐长大，它忘记了自己是只鹿，以为狗是自己真正的朋友，经常和狗互相顶架，翻滚打闹，越来越亲近。狗因为害怕主人，就装作很友善地跟鹿周旋，但时常伸出舌头舐嘴弄舌，露出馋相。

三年后，有一次鹿走出家门，看见门外的大路上有很多陌生的狗，就跑过去想跟它们一起玩耍。那些狗看到猎物来了很高兴，但鹿的态度又让它们生气，就一哄而上把鹿咬死吃掉了，鹿尸骨杂乱地散落一地。鹿到死都不明白是怎么一回事。

欣赏文言之美

这篇寓言故事描写了一只认敌为友，结果招致灭亡的小鹿。在主人的庇护下，家里的狗不敢伤害小鹿，还很友好地跟小鹿一起玩耍。狗的态度让小鹿渐渐迷失了自己，最终被门外的野狗吃掉。故事合情合理。

文章的语言生动形象，细节描写非常传神。比如写主人抱着小鹿刚回家时，"群犬垂涎，扬尾皆来"，八个字活灵活现地展现了群犬一拥而上、急着吃掉麋鹿的样子。在主人的威势之下，狗只能虚与委蛇，假装友善地跟小鹿一起玩耍，然而，"时啖其舌"这几个字再次暴露了狗对小鹿的垂涎。

作者通过这个故事，辛辣讽刺了那些倚仗别人的势力任性妄为的人，他们习惯了主人的庇护，慢慢忘了自己是谁。可悲的是，背后的保护伞一旦倒台，他们很快就会灭亡。

黔之驴

[唐]柳宗元

小·档案

出　　处：《柳河东集》。
文　　体：寓言故事。

黔（qián）①无驴，有好事者船载以入。至则②无可用，放之山下。虎见之，庞然大物也，以为神。蔽林间窥③之，稍出近之，慭慭（yìn）然④，莫相知。

【注释】①[黔]即唐代黔中道，辖地相当于今湖南沅水澧水流域、湖北清江流域、重庆黔江流域和贵州东北一部分地区。黔是现在贵州省的简称。②[则]却。③[窥]偷看。④[慭慭然]惊恐疑惑、小心谨慎的样子。

他日，驴一鸣，虎大骇，远遁①，以为且②噬③己也，甚恐。然往来视之，觉无异能者。益④习其声，又近出前后，终不敢搏。稍近益狎（xiá），荡⑤倚⑥冲冒⑦，驴不胜怒，蹄⑧之。虎因喜，计之⑨曰："技止此耳！"因跳踉（liáng）⑩大㘎（hǎn）⑪，断其喉，尽其肉，乃去。

【注释】①[遁]逃跑。②[且]将要。③[噬]咬。④[益]逐渐。⑤[荡]碰撞。⑥[倚]靠近。⑦[冲冒]冲击冒犯。⑧[蹄]用作动词，用蹄子踢。⑨[计之]盘算着这件事。⑩[跳踉]跳跃。⑪[㘎]同"吼"，怒吼。

噫！形之庞也类①有德，声之宏也类有

能。向^②不出其技，虎虽猛，疑畏，卒不敢取。今若是^③焉，悲夫！

【注释】 ①［类］似乎，好像。②［向］假使，假如。③［若是］像这样，指驴被虎吃掉。

译文

黔这个地方本来没有驴子，有一个多事的人从别处用船运过来一头。运来之后发现驴子没有什么用处，就把它放在了山脚下。山里的老虎看见驴子这个大块头，以为是什么神奇的动物，藏在树林里偷偷地观察驴子。慢慢地，老虎开始从树林里走出来，小心翼翼地靠近驴子，因为不了解对方的本事。

有一天，驴发出了一声嘶鸣，吓得老虎跑得远远的；它以为驴子要吃掉自己，非常害怕。但是老虎来来回回地观察驴子，觉得驴子好像也没有什么特殊的本事。渐渐地，老虎习惯了驴子的叫声，开始走出树林，在驴子前后走动，可还是不敢上前搏斗。老虎离驴子越来越近，态度也越来越轻侮，它试着碰撞驴子，靠在它的身上，来回地挑衅它、冲撞它。驴子很生气，就用蹄子去踢老虎。老虎非常高兴，心想："驴的本领不过如此！"于是它跳起来大吼一声，咬断了驴子的喉咙，吃光了它的肉，这才离开。

唉！驴子看上去庞大无比好像很了不起，叫起来声音洪亮好像本领高强，假如不暴露自己的那点本事，老虎虽然凶猛，但由于多疑、害怕，终究不敢吃掉驴子。如今驴子落到了这样的下场，真是很可悲啊！

欣赏文言之美

这是一篇生动的寓言故事。作者采用拟人手法，传神地塑造了一只多

读懂小古文 爱上大语文

疑、谨慎又精明的老虎和一头外强中干的驴子。

作者细致入微地刻画了老虎的心理。"以为神"三个字表现了老虎刚刚见到驴子的时候，将驴子奉若神明，因畏惧而不敢接近的心理。随后，经过从远处偷偷观察驴子之后，老虎对于驴子的畏惧感日益减少。可是故事在此时陡然发生了变化，驴子的一声嘶叫让老虎"大骇，远遁，以为且噬己也，甚恐"，这个时候老虎的恐惧心理达到了高潮。但恐惧过后，老虎还是不想放弃，它发现驴子好像也没有什么了不起。谨慎的老虎此时仍然不敢贸然相搏，开始小心地试探驴子。它"稍近益狎"，"荡倚冲冒"，终于成功激怒了驴子。生气的驴子轻易就亮出了自己的底盘，"蹄之"。此时的老虎终于放下心来，"跳踉大㘚，断其喉，尽其肉，乃去"。

作者借驴子讽刺那些尸位素餐的无能之人。他们本事不大，派头不小，没有真才实学还喜欢到处炫耀，然而当真正的考验来临时，他们的无能必将无所遁形。

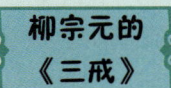

柳宗元的《三戒》

《黔之驴》是柳宗元的作品《三戒》中的一篇。《三戒》含《临江之麋》《黔之驴》《永某氏之鼠》三篇寓言。本文讽刺那些无能又肆意逞强的人，联系柳宗元的政治遭遇，可知他是借故事讽刺当时统治集团中官高位显、仗势欺人而又无才无德、外强中干的人。

李肇：醉心创作的文艺青年

李肇，生卒年不详，字里居，唐代文学家。他一生官运亨通，担任过多种官职，年轻的时候曾经做过监察御史，元和十三年（818），升迁为翰林学士，一年后迁升为右补阙，元和十五年（820）任司勋员外郎。大和初年，李肇官至中书舍人，因柏耆擅杀大将案受到牵连，被贬官将作少监。

李肇对各种历史典故非常熟悉，虽官居高位却一直醉心于文学创作，著有《翰林志》《唐国史补》。《唐国史补》记载了唐玄宗开元至唐穆宗长庆这一百多年间的社会风气、朝野轶事及典章制度等各方面的内容。文笔简洁生动，富有文学色彩。其中不少条目情节曲折，人物性格鲜明，堪称"微型小说"，也有不少名公巨卿等各色人物的名言隽语，颇具《世说新语》的风采。

 王锷散财货

［唐］李肇

小·档案

出　　处：《唐国史补》。

人　　物：王锷，唐朝中叶德宗时人，出身行伍，凭着军功最终官至宰相。

王锷累任大镇①，财货积山。有旧客②诫③锷以积而能散之义。后数日，客复见④锷。锷曰："前所见教，诚⑤如公言，已大散矣。"客曰："请问其目⑥。"锷曰："诸男各与万贯⑦，女婿各与千贯矣。"

读懂 小古文 爱上 大语文

【注释】①[大镇]大的方镇节度使。②[旧客]老门客,老朋友。③[诫]劝告。④[见]拜见。⑤[诚]实在,确实。⑥[目]细目,指详细情况。⑦[贯]旧时以绳穿钱,一千钱为一贯。

译文

王锷多次担任大的方镇的节度使,搜刮的钱财堆积成山。后来有位老门客劝告他,要适当散财才能更好地聚财。过了一段日子,这位门客又来见王锷,王锷说:"之前承蒙您指教,我按照您说的已把钱财散出去了。"门客说:"请问您是如何散的呢?"王锷说:"每个儿子分别给了一万贯,每个女婿分别给了一千贯。"

欣赏文言之美

王锷是唐代中期重臣,为人精明强干,上任期间颇有政绩,可以说是一位治世能臣。同时,他为人贪婪,通过大肆敛财积累了巨额财富,并且用聚敛来的财富行贿朝中权贵,以求官运亨通。

本文通过一件小事展现了王锷贪婪和吝啬的一面。门客劝说他要"散财",意思就是散财布施,帮助他人。王锷听从了他的建议,但是他是怎么做的呢?他拿出一些钱分给了自己的儿子和女婿。这能叫散财吗?门客听后估计会哭笑不得吧。寥寥数语,就将人物的性格特点刻画得入木三分。

崔昭行贿事

[唐]李肇

小·档案

出　　处：《唐国史补》。
人　　物：崔昭，唐肃宗、代宗、德宗年间大臣。
成　　语：前倨后恭。

裴佶①常话②：少时姑父为朝官，有雅望。佶至宅看其姑，会其朝退，深叹曰："崔昭何人，众口称美？此必行贿者也。如此安得不乱③？"言未竟，阍(hūn)者④报寿州崔使君候谒。姑父怒呵阍者，将鞭之。良久，束带强出。须臾，命茶甚急，又命酒馔⑤，又令秣(mò)马⑥饭仆⑦。姑曰："前何倨⑧而后何恭也？"及入门，有得色⑨，揖(yī)⑩佶曰："且憩学院⑪中。"佶未下阶，出怀中一纸，乃昭赠官绚(shī)⑫千匹。

【注释】①[裴佶]字弘正，唐德宗时官至工部尚书。②[常话]曾经讲述。常，通"尝"，曾经。③[乱]指朝政败坏。
④[阍者]看门人。⑤[酒馔]酒食。
⑥[秣马]喂马。⑦[饭仆]招待（崔昭的）仆人吃饭。饭，作动词，招待吃饭。
⑧[倨]傲慢。⑨[得色]得意的神色。⑩[揖]揖让，请。⑪[学院]指书房。⑫[官绚]合乎官方标准的丝绸，唐代时可以作为货币流通。绚，原指粗绸，这里泛指丝织品。

读懂 小古文 爱上 大语文

译文

裴佶曾经说过这样一件事：小时候，姑父在朝中做官，名声很好，被认为是清官。一天，裴佶到姑父家看望姑姑，正赶上姑父退朝回家，深深叹息道："崔昭是什么人？大家竟然对他交口称赞，他一定是善于行贿的人。这样下去，怎么能不败坏朝政呢？"姑父的话还没说完，看门人通报说寿州的长官崔昭等候拜见。裴佶姑父很生气，把看门人呵斥了一顿，还要鞭打他。过了好久，裴佶姑父才整理好衣服，勉强出去会见崔昭。不一会儿，裴佶的姑父急命家人给崔昭上茶，一会儿，又让人准备酒宴，还命人给崔昭喂马，招待他的仆人吃饭。裴佶的姑姑奇怪地说："你姑父先前那么傲慢，不知为何后来又那么谦恭？"姑父送走崔昭之后走进内院，满脸得意，他对裴佶挥手示意说："请到书房去休息。"裴佶还没有走下台阶，就见姑父从怀中取出一份礼单，原来崔昭送了他一千匹官绸。

欣赏文言之美

这是一篇绝妙的讽刺小品，将贪官的丑恶嘴脸刻画得入木三分。本文将对比手法运用得非常成功。裴佶姑父退朝之后的一声叹息，将一个痛恨小人、忧虑朝政的忠臣形象展现在读者面前，这样的人怎么会没有好的口碑呢？听说擅长行贿的崔昭前来拜见，姑父怒不可遏，甚至斥责前来禀报的看门人，一个疾恶如仇、傲骨铮铮的正直形象跃然纸上，令人敬佩。但作者笔锋一转，姑父"束带强出"后态度却来了个一百八十度大转弯，不停地命令仆人准备茶水、准备酒菜、甚至连对方的仆人和马都考虑到了，殷勤备至，唯恐招待不周，前后判若两人。为什么会有这样的变化呢？结尾的一张纸暴露了"清廉姑父"的本来面目。文章仅用寥寥数语，就将唐代中期官场腐败、贿赂成风的情况揭露得淋漓尽致。

杜牧：在"图书馆"中长大

杜牧（803—853），字牧之，号"樊川居士"。唐京兆万年（今陕西西安）人，晚唐诗人，与李商隐合称"小李杜"。

杜牧在家族中排行十三，因此根据唐人的习惯，被称为"杜十三"。他的爷爷是当时的宰相杜佑，家中有很多藏书，杜佑曾经撰写《通典》二百卷。杜牧继承了杜氏家族的大量图书，他曾经写诗描绘自己的成长环境："旧第开朱门，长安城中央。第中无一物，万卷书满堂。"同时，杜牧自己阅遍了所藏诗书，自称："经书括根本，史书阅兴亡。高摘屈宋艳，浓薰班马香。李杜泛浩浩，韩柳摩苍苍。"

出生于书香世家的杜牧才华出众，二十三岁时就写了著名的《阿房宫赋》，二十五岁时，杜牧又写下了长篇五言古诗《感怀诗》，表达他对藩镇问题的见解。他尤其关心军事，曾经专门研究过孙子，写过十三篇《孙子》注解，也写过许多策论咨文。有一次献计平房，被宰相李德裕采用，大获成功。

杜牧性格刚直，为官清廉有气节，他的仕途并不顺遂，曾被贬到荒僻的黄州任刺史。杜牧在任期间把黄州治理得井井有条。他还在黄州建学堂，并亲自到学堂讲课，教化士民。后来，杜牧任池州、睦州刺史。被调回京城后，杜牧不满朝中宦官专权、牛李党争，连续上书请求外放，得任湖州刺史。仅仅一年后，杜牧又被调回京城。到长安之后，杜牧重新整修了祖上留下的樊川别墅，闲暇之时经常在这里以文会友，所以杜牧又被称为"杜樊川"。

阿房宫赋

[唐] 杜牧

> **小档案**
>
> 出　　处：《樊川文集》。
> 坐　　标：阿房宫是秦宫殿，遗址在今陕西西安西郊，始建于秦始皇三十五年（前212），到秦亡时尚未完工。

六王①毕，四海一，蜀山兀②，阿房出。覆压三百余里，隔离天日。骊山北构而西折③，直走④咸阳。二川溶溶⑤，流入宫墙。五步一楼，十步一阁；廊腰缦（màn）回⑥，檐牙高啄⑦；各抱地势⑧，钩心斗角⑨。盘盘焉⑩，囷（qūn）囷焉⑪，蜂房水涡⑫，矗不知其几千万落。长桥卧波，未云何龙？复道⑬行空，不霁何虹？高低冥迷⑭，不知西东。歌台暖响，春光融融；舞殿冷袖，风雨凄凄。一日之内，一宫之间，而气候不齐。

【注释】①［六王］齐、楚、燕、韩、赵、魏六国的国君。②［蜀山兀］蜀地的山秃了。兀，光秃。这里形容山上树木已被砍伐殆尽。③［骊山北构而西折］（阿房宫）从骊山北边建起，折而向西。④［走］通达。⑤［二川溶溶］二川，指渭水和樊川。溶溶，河水缓缓流动的样子。⑥［廊腰缦回］走廊萦绕曲折。廊腰，连接高大建筑物的走廊，好像人的腰部，故称。缦，萦绕。⑦［檐牙高啄］檐牙高耸，如鸟仰首啄物。檐牙，屋檐翘出如牙齿的部分。⑧［各抱地势］各随地形。⑨［钩心斗角］指宫室结构的参差错落，精巧工致。钩心，指各种建筑物都与中心区相连。斗角，指屋角相对，好像兵戈相斗。⑩［盘盘焉］盘旋的样子。⑪［囷囷焉］曲折回旋的样子。⑫［蜂房水涡］像蜂房，像水涡。

⑬ [复道] 楼阁之间架木筑成的通道。因上下都有通道，故称复道。⑭ [冥迷] 分辨不清。

妃嫔（pín）媵（yìng）嫱（qiáng）①，王子皇孙，辞楼下殿，辇来于秦。朝歌夜弦，为秦宫人。明星荧荧②，开妆镜也；绿云扰扰，梳晓鬟也；渭流涨腻③，弃脂水也；烟斜雾横，焚椒兰④也。雷霆乍惊，宫车过也；辘辘远听⑤，杳不知其所之也。一肌一容，尽态极妍，缦立远视，而望幸焉。有不见者，三十六年⑦。燕赵之收藏⑧，韩魏之经营，齐楚之精英，几世几年，剽（piāo）掠其人⑨，倚叠如山。一旦不能有，输来其间。鼎铛（chēng）玉石，金块珠砾⑩，弃掷逦迤⑪，秦人视之，亦不甚惜。

【注释】① [妃嫔媵嫱] 指六国王侯的宫妃。下文的"王子皇孙"，指六国王侯的女儿、孙女。② [荧荧] 明亮的样子。③ [涨腻] 涨起了脂膏。下文"脂水"，指含有脂粉的洗脸水。④ [椒兰] 两种香料植物，焚烧以熏香衣物。⑤ [辘辘远听] 车声越听越远。辘辘，车行的声音。⑥ [缦立] 久立。⑦ [三十六年] 指嬴政在位期间（前247—前210）。⑧ [收藏] 指收藏的金玉珍宝等物。下文的"经营""精英"也指金玉珍宝等物。⑨ [剽掠其人] 从百姓那里抢来。剽，抢劫、掠夺。⑩ [鼎铛玉石，金块珠砾] 把宝鼎看作铁锅，把美玉看作石头，把黄金看作土块，把珍珠看作石子。铛，平底的浅锅。⑪ [逦迤] 连续不断，这里指到处都是。

读懂 小古文 爱上 大语文

　　嗟乎！一人之心，千万人之心也。秦爱纷奢，人亦念其家。奈何取之尽锱铢（zī zhū）①，用之如泥沙？使负栋之柱②，多于南亩之农夫；架梁之椽（chuán）③，多于机上之工女；钉头磷磷④，多于在庾⑤之粟粒；瓦缝参差，多于周身之帛缕；直栏横槛，多于九土⑥之城郭；管弦呕哑，多于市人之言语。使天下之人，不敢言而敢怒。独夫⑦之心，日益骄固。戍卒叫⑧，函谷举⑨，楚人一炬⑩，可怜焦土！

【注释】①[锱铢]古代重量单位，一锱等于六铢，一铢约等于后来一两的二十四分之一。锱、铢连用，形容极其细小。②[负栋之柱]指阿房宫中支撑房屋大梁的柱子。③[椽]承托屋顶用的木构件。圆的叫椽，方的叫桷。④[磷磷]有棱角的样子。这里形容钉头突出。⑤[庾]谷仓。⑥[九土]九州。⑦[独夫]残暴无道、失去人心的统治者。这里指秦始皇。⑧[戍卒叫]指陈胜、吴广起义。⑨[函谷举]公元前206年，刘邦攻取函谷关。⑩[楚人一炬]指项羽占领咸阳后纵火焚烧秦宫室。

　　呜呼！灭六国者六国也，非秦也；族①秦者秦也，非天下也。嗟乎！使六国各爱其人，则足以拒秦；使秦复爱六国之人，则递②三世可至万世而为君，谁得而族灭也？秦人不暇自哀，而后人哀之；后人哀之而不鉴之，亦使后人而复哀后人也。

【注释】①[族]灭族。这里指消灭。②[递]依次传递。

译文

　　六国灭亡，天下统一，蜀山变秃了，而阿房宫建成了。阿房宫覆盖了三百多里的地面，宫殿巍峨，遮天蔽日。从骊山北边建起，折而向西，一直通到咸阳。阿房宫内引入了渭水和樊水，碧波荡漾。每走五步就有一栋高楼，每走十步就有一座楼阁。宫内的走廊像腰带一样迂回曲折，宫殿的檐牙像鸟嘴在高处啄食，依据地势走向而建，互相连接，纡曲如钩。

盛世华章，文以载道：隋唐古文

众多的宫室楼台像蜂房、像水涡，密密层层，高高矗立着不知道有几千万座。长长的桥横卧在碧波上，（没有风起云涌）不知是哪里来的龙呢？不同楼阁之间架有凌空的通道，没有雨过天晴，为何会有彩虹呢？四周高低起伏，让人分辨不清方向。歌台上传来美妙的乐声，带给人暖暖的春意，使人如沐春光；宫殿中舞袖飘拂，带来阵阵寒气，好像风雨交加那样凄冷。一天之内，一宫之中，气候竟如此不同。

六国王侯的妃嫔媵嫱、王子皇孙，辞别故土乘车来到秦国，朝朝暮暮，唱歌弹琴，成为秦始皇的宫人。她们打开镜子梳妆，镜子反射的光如明星一般闪亮；她们早上起床后梳理发髻，长长的秀发在肩头飘荡，就像乌青的云朵纷纷扰扰；她们把飘着脂粉的洗脸水倒进渭河，河面上顿时浮起一层脂膏；她们燃起椒兰香料，空中顿时烟雾弥漫。一阵雷霆般的声音响起，原来是皇帝乘坐着宫车经过；车声渐远，不知道前往哪座宫殿。这些宫人把自己打扮得极其娇艳，她们久久地伫立在门前，盼望着得到皇帝的宠幸，可是有人整整等了三十六年，也没能看到皇帝一眼。燕国、赵国收藏的珍宝，韩国、魏国经营的珠玉，齐国、楚国搜罗的奇珍，经历了多少代多少年，从民间搜刮而来，堆积如山。国家一旦灭亡，这些珍宝也都被运到阿房宫。宝鼎当作铁锅，美玉当成石头，黄金当作土块，珍珠当成石子，丢弃得到处都是，秦国人看见，也不觉得可惜。

唉！一个人的心，也就是千万人的心。秦始皇喜欢过豪华的生活，老百姓也同样念及自己的小家，想过好日子。可为什么搜刮的时候锱铢必较、毫厘必取，使用时却像泥沙一样丢弃、丝毫不知珍惜呢？阿房宫里负载大梁的柱子，比田间地头的农夫还多；架在梁上的木椽，比织布机上的女工还多；梁柱上的一颗颗钉头，比谷仓里的粟米还多；宫殿上参差交错的瓦缝，比人们衣服上的丝线还要多；纵横交错的栏杆，比九州的城郭还多；乐器嘈杂的演奏声，比百姓的话语还多。天下百姓敢怒不敢言，秦始皇的心却越来越骄横、顽固。陈胜起义军振臂一呼，函谷关很快被攻破。楚国人一把火把阿房宫烧成了一片焦土，可惜啊！

唉！消灭六国的不是秦国，而是六国自己；消灭秦国的，是秦国自己。可叹啊！如果六国的统治者都能爱护本国的老百姓，那么他们足以抵挡秦国；如果秦国的统治者在统一天下后也能爱护六国的人民，那么秦王朝就能传到第三代，甚至世世代代传下去，谁又能灭得了它呢？秦国人来不及为自己的灭亡哀叹，只好让后人来哀怜它；后人哀怜它却不从中吸取教训，也只好让更后来的人来哀怜后世的人了。

阅读提示

本文写于唐敬宗宝历元年（825）。杜牧在《上知己文章启》中说："宝历大起宫室，广声色，故作《阿房宫赋》。"这篇赋借古讽今，规劝唐朝当政者要以古为鉴，戒奢以俭。

盛世华章，文以载道：隋唐古文

欣赏文言之美

《阿房宫赋》是一篇借古讽今的赋体散文。杜牧所处的时代内外交困，内部朝政腐败、藩镇割据严重，外部吐蕃、回鹘等纷纷入侵，人民生活痛苦不堪，曾经辉煌的大唐帝国已经到了崩溃的边缘。为了挽救唐王朝，杜牧希望当时的统治者能够励精图治、富民强兵，可是却事与愿违。唐穆宗李恒因为沉溺声色送命，接替他的唐敬宗李湛，更是荒淫无度。这一切都令杜牧痛心疾首，于是他借助这篇赋来规劝当时的统治者。

文章首先通过大量对偶排比句描写阿房宫规模宏大，建筑富丽，如"五步一楼，十步一阁；廊腰缦回，檐牙高啄；各抱地势，钩心斗角"等句，既简练，又形象。描写过程中，

读懂 小古文 爱上 大语文

作者还加入了联想,"长桥卧波,未云何龙?复道行空,不霁何虹",非常传神。如此庞大的宫殿群,自然住着无数的宫人,所以阿房宫内此处"歌台暖响",彼处"舞殿冷袖","一日之内,一宫之间,而气候不齐",这么大的皇宫真是令人咋舌!

文章第二段转入对宫中所住之人的描写。六国的"妃嫔媵嫱,王子皇孙"都赶往秦国,住进阿房宫,成为秦始皇的宫人。人多到什么程度呢?当她们打开明镜梳妆,镜子反射的光犹如群星在闪耀;当她们梳理发髻,散开的黑发犹如乌青的云朵;当她们将含有脂粉的洗脸水倒入渭河,河面上便

项羽到底有没有火烧阿房宫

阿房宫遗址位于今陕西省西安市西咸新区。考古学家根据遗址推断出阿房宫包含两大建筑群,一是前殿建筑群,另一是"上天台"建筑群,但阿房宫直到秦亡都没有建完。

根据近年来的考古发现,历史上有关项羽火烧阿房宫的记载可能是不准确的。考古人员在阿房宫遗址内并没有发现大面积火烧的痕迹。他们假设,如果阿房宫真的被大火烧了三个月,那么遗址上应该有大量的红烧土和草木灰。但考古调查仅发现少量的红烧土。

但是,考古人员在位于秦朝都城咸阳的咸阳宫遗址却发现了大片的红烧土遗迹。有人据此推断,项羽烧的不是阿房宫,他烧的是位于秦都城咸阳的咸阳宫。

浮起一层油脂；当她们点燃香料，阿房宫上空便烟雾弥漫。如此多的宫人，秦始皇根本就宠幸不过来，有人甚至三十六年来一次都没见过皇帝。同时，六国经年累月搜刮的珍宝源源不断地被运往阿房宫，但秦人并不珍惜，"鼎铛玉石，金块珠砾"，秦始皇的奢侈浪费由此可见一斑。

第三段作者采用对比手法，渲染阿房宫之大、宫殿之多，借此凸显秦始皇的奢靡无度。以"负栋之柱"与"南亩之农夫"比，以"架梁之椽"与"机上之工女"比，以梁柱上的钉头跟谷仓里的粮食比，以宫殿上的瓦缝跟衣服上的丝线比，以纵横连接的栏杆跟九州的城郭比，以器乐演奏的嘈杂跟市井的喧闹比。朗朗上口，一气呵成，汪洋恣意，尽情铺排。如此强大的秦国，如此豪华的阿房宫，最后却付之一炬，多么可悲！

最后一段作者得出结论：秦不爱其民，只能自取灭亡。同时告诫唐朝的统治者："后人哀之而不鉴之，亦使后人而复哀后人也。"整篇文章锦绣华彩，气势磅礴，主题突出，论点鲜明，是中国古文中少有的名篇。

盛世华章，文以载道：隋唐古文

读懂 小古文 爱上 大语文

罗隐：屡试不第的才子

罗隐（833—910），原名横，字昭谏，世称"罗给事"，新城（今浙江新登）人，唐代文学家。

罗隐小时候便在乡里以才学出名，与另外两个同族才子罗虬、罗邺被合称为"三罗"。可没想到如此才华横溢之人，入仕之路却并不顺利，他一共参加了十多次进士考试，每次都名落孙山，史称"十上不第"，于是愤懑改名隐。广明元年（880），因为黄巢起义北上求仕的道路受阻，罗隐便与罗鄂、罗邺及杜荀鹤、张乔等人一起隐居池州九华山。光启三年（887），罗隐归江东，投靠杭州刺史钱镠，受到钱镠的重用，任钱塘令、谏议大夫等职。后梁开平三年（909），罗隐去世，享年七十七岁。

罗隐是小品文大家，他的小品文独树一帜。他的作品《谗书》讽刺了当时社会的黑暗现实，《太平两同书》，提出了一套供天下人使用的"太平匡济术"。此外，他还著有诗集《甲乙集》，里面的诗歌大多使用口语，讽刺现实，托物言志，在民间广为流传。

吴宫遗事

[唐]罗隐

> **小·档案**
>
> 出　处：《谗书》。
> 坐　标：吴宫，春秋时吴王夫差的宫室。

越心未平①，而夫差有忧色。一旦复筑台于姑苏之左②，俾（bǐ）③参政事者以听百姓之疾苦焉，以察四方之兵革④焉。一之日⑤，视之以伍员（yún）⑥，未三四级⑦，且奏曰："王之民饥矣，王之兵疲矣，王之国危矣。"夫差不悦，俾嚭（pǐ）⑧以代焉。毕九层而不奏，且倡⑨曰："四国畏王，百姓歌王，彼员者欺王。"员曰："彼徒欲其身之亟（jí）⑩高，固不暇为王之视也，亦不为百姓谋也，岂臣之欺乎！"王赐员死，而嚭用事⑪。明年⑫，越入吴。

【注释】①［越心未平］公元前494年，越王勾践被吴国打败后，心里一直想着有朝一日打败吴国。②［姑苏之左］姑苏山的东面，姑苏山在今江苏省苏州市西南。左，古人以东为左。③［俾］使。④［兵革］兵器和甲胄，代指战争。⑤［一之日］十月以后的第一个月，即夏历十一月，周历正月。⑥［伍员］即伍子胥，吴国大臣。⑦［未三四级］没建好第三、第四层。⑧［嚭］即伯嚭，春秋后期吴国大夫。吴王夫差时任太宰，又称太宰嚭、太宰否。⑨［倡］倡言，提出看法。⑩［亟］急切，迫切。⑪［用事］当权，掌管朝政。⑫［明年］第二年。

读懂 小古文 爱上 大语文

译文

越国一直想报灭国之仇,吴王夫差为此忧虑难安。一天他命人在姑苏山的东边建了一座高台,让参政的官员们在台上听取民生疾苦,查看四面的军事情况。到了夏历十一月,吴王夫差派大臣伍子胥去视察工程。

伍子胥与吴越春秋

伍子胥,名员,字子胥。他本是楚国人,父亲伍奢为太子太傅。太子被诬陷,伍奢一家受到牵连,伍奢与儿子伍尚被楚平王杀害,伍子胥逃到了吴国。

后来,伍子胥辅佐吴王阖闾打败楚国,攻入郢都。此时楚平王已死,伍子胥派人掘开坟墓,挖出楚平王的尸体,抽了三百鞭,为父兄报了仇。

公元前496年,吴王阖闾与越王勾践大战,阖闾中箭后伤重不治,死前嘱咐儿子夫差勿忘杀父之仇。夫差继位后打败了越国,越王勾践投降。伍子胥认为此时应一举消灭越国,但是夫差听信伯嚭的谗言,不听"联齐灭越"的主张,反派伍子胥出使齐国。伍子胥对吴国的未来感到忧虑,于是将儿子留在了齐国,独自返回吴国向夫差汇报。伯嚭乘机诬陷伍子胥有谋反之心。

公元前484年,夫差赠剑令伍子胥自尽。伍子胥在愤恨之余,留下遗言,要家人于他死后把他的眼睛挖出,挂在东城门上,亲眼看着越国军队灭掉吴国。后来,吴国果然被越王勾践所灭。

还没等高台的三、四层建好,伍子胥就奏报说:"大王啊,您的百姓正遭受饥荒,您的士兵疲惫不堪,您的国家有危险。"夫差听了很不高兴,就派太宰嚭代替伍子胥到高台去视察民情。等到九层的高台都建造完了,太宰嚭也没有报告任何情况,而是宣扬说:"四方的国家都畏惧大王,百姓都在歌颂大王,那个伍子胥以前在欺骗大王。"伍子胥说:"他只想着极力往上爬,本来就没有时间去为大王了解民间疾苦,更不会为百姓着想,哪里是我在欺骗大王呢?"吴王赐死了伍子胥,让太宰嚭掌管朝政。第二年,越国就灭了吴国。

欣赏文言之美

每个人都喜欢听夸奖自己的话,可是作为统治者如果只听阿谀奉承,轻则会混淆黑白,重则就会亡国,吴国灭亡就是活生生的例子。

夫差建姑苏台,目的是为了听到真正的民声,了解百姓的疾苦。可是听到真实情况后他却很不悦,换下了说真话的忠臣伍子胥,派一心想往上爬的奸臣伯嚭去视察民情。伯嚭为了让夫差高兴,完全不顾百姓死活和国家危亡,宣扬虚假情形,夫差还因此赐死了忠正为国的伍子胥,吴国也很快灭亡。

其实不只是治理一个国家,管理一个组织也同样如此。作为一把手,能听得进逆耳忠言、了解到真实情况比什么都重要,夫差的教训值得人们深思。

说天鸡

[唐] 罗隐

小·档案

出　　处：《谗书》。

狙(jū)氏子①不得父术②，而得鸡之性焉。其畜养者，冠距③不举，毛羽不彰④，兀(wù)然⑤若无饮啄意。洎(jì)⑥见敌，则他鸡之雄也；伺晨⑦，则他鸡之先也。故谓之天鸡。

【注释】①[狙氏]养猴人。狙，猕猴。②[术]技艺，指养猴的本领。③[冠距]鸡冠，鸡爪。④[彰]鸟兽皮毛上的花纹。⑤[兀然]浑然不觉的样子。⑥[洎]及至，等到。⑦[伺晨]报晓。

狙氏死，传其术于子焉。且反先人之道，非毛羽彩错①、嘴距铦(xiān)利②者不与其栖③，无复向时伺晨之俦(chóu)④、见敌之勇，峨冠高步，饮啄而已。吁！道⑤之坏也有是夫！

【注释】①[彩错]文彩交错。②[铦利]锋利。③[栖]栖息处，即鸡舍。④[俦]辈，类。⑤[道]世道，世风。

译文

　　一个养猕猴的人的儿子没有继承父辈的技艺,但掌握了鸡的习性。他养的鸡没有突出的鸡冠和锋利的鸡爪,也没有鲜艳美丽的羽毛,木讷得仿佛连吃喝都不怎么在意,等到它见了敌人,就成了群鸡之雄了;早晨报晓,也在别的鸡前面。所以被称为天鸡。

　　这个人死后,把养鸡的技术传给了儿子。但是他儿子养鸡的方式却跟他相反,不是羽毛鲜艳、嘴和爪都很锋利的鸡,他便不饲养。他养的鸡不会像他父亲养的鸡那样早早报晓,遇见敌人勇猛无敌,(不过是)挺着高高的鸡冠,迈着气派的步伐,整天就知道吃吃喝喝罢了。唉!育才之道被破坏成这个样子了啊!

欣赏文言之美

　　我们常说"人不可貌相",同样"鸡"也不可"貌相"。狙氏之子养的鸡虽其貌不扬,没有光鲜的羽毛,鸡冠和鸡爪也都不出众,但是有勇有识,比别的鸡报晓报得早,而且勇猛无敌。这不由得让人想起九方皋相马的故事,只从外表上看是看不出千里马的。

　　相反,狙氏之子的儿子养的鸡却恰恰与父亲养的相反,他养的鸡看上去威武、美丽,但实际上并没有突出的本事,只不过是一些酒囊饭袋罢了。

　　罗隐借这篇小品文讽刺晚唐时期以貌取人、不注重真才实学的社会现实,也警醒我们,看人不能只看表面,更要看重内在的品德和才学。

语文教材古文篇目索引

语文教材古文篇目	作者（出处）	所属年级	本书页码
人非生而知之者，孰能无惑	韩愈	四年级上册	65
居安思危，戒奢以俭	魏征	五年级上册	8
陋室铭	刘禹锡	七年级下册	81
马说	韩愈	八年级下册	62
小石潭记	柳宗元	八年级下册	97
师说	韩愈	高中必修上册	65
谏太宗十思疏	魏征	高中必修下册	8
阿房宫赋	杜牧	高中必修下册	118